Xavier-Laurent Petit
Steppenwind und Adlerflügel

Xavier-Laurent Petit, 1956 in Frankreich geboren, studierte Philosophie und arbeitete als Grundschullehrer und Schulleiter. Heute widmet er sich ganz dem Schreiben. Seine Bücher erhielten zahlreiche Preise. ›Steppenwind und Adlerflügel‹ wurde mit dem Prix Saint-Exupéry 2003 ausgezeichnet und für den Deutschen Jugendliteraturpreis 2007 nominiert.

Xavier-Laurent Petit

Steppenwind und Adlerflügel

Winterabenteuer in der Mongolei

Aus dem Französischen
von Anja Malich

dtv

Zu diesem Band gibt es ein Unterrichtsmodell unter
www.dtv.de/lehrer zum kostenlosen Download.

Von Xavier-Laurent Petit ist bei dtv junior außerdem lieferbar:
Mein kleines dummes Herz

MIX
Papier | Fördert gute Waldnutzung
FSC® C019821

Ungekürzte Ausgabe
13. Auflage 2024
2009 dtv Verlagsgesellschaft mbH & Co. KG, München

Titel der französischen Originalausgabe: ›153 jours en hiver‹

Erstmals 2006 in deutscher Sprache erschienen
Umschlagkonzept: Balk & Brumshagen
Umschlagbild: Felix Eckardt
Gesetzt aus der Bembo 11,5/15˙
Gesamtherstellung: Druckerei C.H.Beck, Nördlingen
Printed in Germany · ISBN 978-3-423-71393-1

*Ich danke Galsan Tschinag und Dan O'Brien für das,
was ich durch ihre Bücher über die Mongolei und
das Abrichten von Greifvögeln gelernt habe.*

Kapitel 1

Eines Tages komme ich mit und wir sind viele Wochen zusammen unterwegs, Tausende von Kilometern«, sagte Galshan zu ihrem Vater.

Ryham fuhr seiner Tochter lachend durchs Haar:

»Lastwagenfahren, das ist nichts für Mädchen! Wie oft muss ich durch gefährliche Gebiete, wo sich Rebellen herumtreiben … Ich habe immer eine Waffe dabei für den Fall, dass …«

Doch was er auch sagte, Galshan bekam davon nur noch mehr Lust, ihren Vater zu begleiten. Irgendwann würde sie sich morgens einfach in dem Lastwagen verstecken und er würde sie erst entdecken, wenn es zu spät zum Umkehren wäre.

In der Zwischenzeit stieg Galshan ein- bis zweimal in der Woche in den Bus, der sie ins Stadtzentrum brachte, wo auch die Touristen hinfuhren. Dann ging sie in der Altstadt spazieren. Es war nicht viel mehr als eine Handvoll winziger Gässchen davon übrig, die sich hinter dem alten Basar verbargen. Der Rest hatte neuen, großen

Gebäuden weichen müssen. In den kleinen Läden roch es nach Holz, Schaffleisch und Weihrauch. Mit halb geschlossenen Augen rauchten alte Männer Pfeife und alte Frauen hockten auf den Stufen der Eingänge und verkauften winzige steinharte Käse. Tausendmal lieber wäre Galshan dort zu Hause als in diesem Vorort …

Sie presste die Stirn gegen die kalte Fensterscheibe. Nebenan war das Glas durch Pappe ersetzt worden, nachdem die Jungen einen Ball hineingeschossen hatten. Draußen bot sich der gleiche Anblick: Die großen, von den Russen errichteten Wohnblocks verfielen zusehends, der Betonstahl rostete vor sich hin und wie überall in Ikhoiturüü spuckten die Busse ihre Abgaswolken aus.

Ein leises Stöhnen in ihrem Rücken ließ Galshan aufspringen. Dabei war es ganz leise! Kaum mehr als ein Seufzen.

Sie fuhr herum und sah gerade noch, wie ihre Mutter auf das Bett sank, die Hände auf ihren bereits deutlich gerundeten Bauch gepresst. Blass und schweißüberströmt wandte sich Daala ihrer Tochter zu und versuchte zu lächeln.

»Mama!«

Galshan fühlte sich plötzlich, als würde sich ihr Inneres zusammenziehen und als ob ihre Haut nur noch eine weiche, eingefallene Hülle wäre.

Mehrere Stufen auf einmal nehmend stürzte sie die Treppe hinunter zur Hausmeisterin, der einzigen Person des Wohnblocks, die ein Telefon besaß.

Nachdem der Bezirksarzt schließlich mit seinem alten Wolga eingetroffen war, fuhr er ihr auf die gleiche Weise mit der Hand durchs Haar, wie ihr Vater es immer tat. Mit dem Unterschied, dass er nicht ihr Vater war. Und sie war auch nicht sein Hund! Galshan wich gereizt zurück.

»Entschuldige«, murmelte er, »ich vergesse immer, dass du kein kleines Mädchen mehr bist!«

Den stämmigen, kahlköpfigen Mann, der alterslos zu sein schien und sommers wie winters schwitzte, kannte hier jeder. Und er kannte ebenfalls jeden. Von gelbsüchtigen Babys bis zu zahnlosen Großmüttern behandelte er den ganzen Stadtteil. Ohne zu klopfen, trat er ein, zog sich einen Stuhl ans Bett und blickte Galshans Mutter an.

»Nun, Daala«, sagte er lächelnd, »haben wir einen kleinen Schwächeanfall?«

Seine riesigen, behaarten Hände tasteten durch den Stoff hindurch ihren Bauch ab, als würden seine groben Finger damit irgendetwas von dem jungen Leben in Daalas Leib begreifen. Dann schob er wortlos sein Stethoskop unter ihr Kleid, verzog das Gesicht hinter seiner kleinen runden Brille und wandte sich Galshan zu.

»Gehst du bitte kurz raus!«

Galshan zögerte, doch Daala zwinkerte ihr zu, als wollte sie sagen: »Keine Sorge, das wird schon.«

Trotz des ersten Kälteeinbruchs des Herbstes war die Straße voller Kinder. Galshan entdeckte Aïbora, die stets auf »Fotofang« war. Sie hatte sich die einheimische Tracht übergestreift und lauerte den wenigen Taxis auf, die durch ihren Vorort kamen, um die Touristen ins Stadtzentrum zu bringen. Die meisten baten den Fahrer anzuhalten, um sie zu fotografieren, worauf Aïbora auf sie zuging und mit einem breiten Lächeln die Hand ausstreckte. Fast jedes Mal gaben sie ihr einen schönen grünen Dollarschein.

Einen Dollar nur für ein Foto! Einen Dollar für eine Hundertstelsekunde! Meine Güte! Denen wuchs das Geld anscheinend aus den Ohren heraus! Bis Ryham, Galshans Vater, so viel verdient hatte, musste er mit dem Lastwagen der Genossenschaft tagelang durch Steppen, Furten und Wüsten fahren.

Galshan saß auf einer Treppe und beobachtete, wie ihre Freundin drei Dollar einsteckte, den ersten von Deutschen und die beiden anderen von einer Gruppe Franzosen. Aïbora hatte Glück.

Galshans Eltern würden ihrer Tochter nie erlauben, auf Fotofang zu gehen.

Ein großes russisches Propellerflugzeug donnerte über die Wohnblöcke hinweg und ließ alles erzittern. Es entfernte sich in Richtung Flughafen. Erst als es verschwunden war, hörte Galshan den Arzt vom Fenster aus rufen. Seine Besuche dauerten nie sehr lange, weil er allein für den ganzen Bezirk zuständig war. Er nahm seine Brille ab und blickte sie mit seinen kleinen Maulwurfsaugen eindringlich an.

»Hör mir gut zu, Galshan. Das Baby im Bauch deiner Mutter strengt sie sehr an. Deshalb muss sie sich bis zur Geburt schonen …«

Das war eigentlich eine gute Nachricht. Es bedeutete, dass das Baby noch da war. Daala war nämlich zuvor auch schon schwanger gewesen – mehrmals sogar –, doch das Baby hatte sich nie »eingenistet«, wie Ryham es ausdrückte. Dieses hier schien dableiben zu wollen!

Der Arzt strich sich übers Kinn und setzte sich die Brille wieder auf. Große Schweißtropfen rannen ihm über die Stirn.

»Schonen bedeutet in ihrem Fall, dass sie bis zur Geburt liegen muss. Bis dahin sind es fünf Monate.«

Kapitel 2

Ryham war nie lange zu Hause. Vier oder fünf Tage, manchmal eine Woche. Nie länger. Nur so lange, bis die Mechaniker den Lastwagen gewartet und die Arbeiter der Genossenschaft ihn neu beladen hatten. Das war die Zeit, in der er mit seiner Tochter, wenn möglich, einen ausgedehnten Ausritt unternahm. Dann lieh Galyi ihnen am Ortsausgang zwei Pferde und sah ihnen nach, wie sie sich im leichten Trab entfernten. Doch sobald Ryham und Galshan die Steppe erreichten und die hohen Gräser ihre Steigbügel berührten, galoppierten sie wild los. Sie lieferten sich endlose Rennen und heulten dabei wie die Wölfe, bis ihnen die Ohren summten, die Muskeln schmerzten und der Staub in den Augen brannte. Erst wenn es dunkel wurde, kehrten sie mit glühenden Wangen und steif gefrorenen Fingern nach Hause zurück, wo Daala ihre beiden Wildfänge lächelnd empfing.

Dann kam der Tag, an dem Ryham seine Frau und seine Tochter umarmte und abermals Tausende von Kilometern weit wegfuhr. Seine Wege führten ihn bis in den fernen Süden auf der anderen Seite der Berge, jenseits der Grenze, bis nach Pakistan, manchmal sogar bis nach Indien. Im vorigen Jahr war er in Istanbul gewesen. Von dort hatte er Galshan einen kleinen runden Stein mitgebracht. Er war schwarz und glänzte wie ein Auge.

Die Leute sagten, der Lastwagen der Genossenschaft sei der größte im ganzen Land: ein Ural, der achtundvierzig Tonnen wog! Ein wahres Monster mit acht Achsen, dessen Räder größer waren als die meisten Menschen.

Wenn Ryhams Rückkehr bevorstand, hielten die Kinder des Viertels nach ihm Ausschau. Es gab eindeutige Zeichen: das Dröhnen des Motors, das sie aus tausend anderen heraushören konnten (manchmal, wenn der Wind günstig stand, konnte man den Lastwagen mehrere Minuten hören, bevor er zu sehen war), die Staubwolke am Ende der Straße und vor allem die langen Hupsignale, die seine Ankunft ankündigten.

Einmal hatte eine amerikanische Touristin zu Galshan gesagt, dass die Steppe mit den hohen Gräsern, die im Wind wogten, dem Meer ähnelte und Ryham seinen Lastwagen steuerte wie ein Boot. Galshan war noch nie zuvor jemandem begegnet, der schon einmal das Meer gesehen hatte. Hier wusste niemand, wem oder was die Steppe ähneln könnte.

»Geh mit den anderen Kindern spielen, Galshan«, forderte Daala sie auf. »Der Arzt hat zwar gesagt, dass ich liegen soll, aber er hat nicht gesagt, dass du an meinem Bett wachen musst. Ich bin doch nicht krank ...«

Galshan hatte nicht viel Lust, nach draußen zu gehen, beunruhigt wie sie war, blieb sie lieber in der Nähe ihrer Mutter. Sie musste daran denken, was der Arzt gesagt hatte. Fünf Monate ... das Baby ... und die Bettruhe, die Daala einhalten sollte. Galshan war gleichzeitig zum Lachen und zum Heulen zumute.

Plötzlich hielten die Kinder draußen in ihrem Spiel inne und durch die Stille war das Dröhnen des Motors zu hören. »Ryham ist da! Ryham ist da!«, riefen sie und unmittelbar danach erschallte der tiefe Ton der Lastwagenhupe. Galshan rannte die Treppe hinunter.

Das Ungetüm tauchte am Ortseingang von Ikhoiturüü auf und wurde immer langsamer, je mehr Kinder auf die Stoßstangen und Trittbretter sprangen. Galshan jedoch wartete, ohne sich zu bewegen. Sobald Ryham seine Tochter entdeckte, blendete er die Scheinwerfer drei Mal auf, woraufhin sie zur Antwort mit ausgestreckten Armen winkte. Seit sie ganz klein war, hatten sie dieses Ritual.

Wie immer öffnete er die Fenster weit und die Kinder kletterten in die Fahrerkabine. Sie saßen ihm sogar auf dem Schoß und taten so, als würden sie allein das Lenkrad halten. Langsam kam der Lastwagen vor ihrem Wohnblock zum Stehen. Die staubige Schnauze näherte sich Galshan, bis sie die Hitze des Motors spürte. Das Mädchen bewegte sich keinen Millimeter. Das war Teil des Rituals.

Die Bremsen quietschten und das laute Dröhnen verstummte. Galshan konnte die heiße Kühlerhaube berühren, wenn sie nur die Hand ausstreckte. Ryham stieg aus und ließ die Kinder in der Fahrerkabine spielen, während er seine Tochter fest an sich drückte. Sie roch den Teer und den Staub. Den Geruch der Straße und des Lastwagens. Er nahm ihr Gesicht in die Hände und blickte sie an, als würde er sie zum ersten Mal sehen.

»Du bist ja schon wieder gewachsen …«

Ihre Wohnung bestand aus nur einem Zimmer, in dem alles stattfand: Schlafen, Essen, Kochen … Da war es nicht leicht, Geheimnisse zu haben! Und, mein Gott, an jenem Abend gab es Geheimnisse! Die Stimmen der Eltern surrten durch den Raum wie dicke Mücken an Sommerabenden. Doch sosehr sich Galshan auch anstrengte, etwas von dem Gespräch mitzubekommen, es gelang ihr nicht, da die beiden so leise flüsterten, dass man sie nicht verstehen konnte.

Auf jeden Fall war es keine Kunst zu erraten, worum es ging. In einer Woche würde die Schule wieder beginnen und Ryham wieder unterwegs sein. Wenn er zurückkehrte, dann nur, um erneut fortzufahren, immer wieder. Stets aufs Neue. Daala war zu monatelanger Bettruhe gezwungen. Galshan spürte, wie sich vor Nervosität ihr Magen umdrehte. Und sie, was würde mit ihr geschehen?

Unmerklich wurden die Stimmen der Eltern lauter.

»Bist du sicher?«, murmelte Daala.

Galshan gefiel der Ton ihrer Stimme nicht.

»Hör zu, ich grübele jetzt schon die ganze Zeit darüber nach und komme immer zu derselben Lösung. Wir schicken Galshan dorthin und bitten deine Schwester herzukommen, um dir bis zur Geburt zur Seite zu stehen … eine andere Möglichkeit gibt es nicht. Ich kann auch nichts dafür, dass diese Wohnung zu klein für alle ist.«

»Aber ich mache mir Sorgen wegen Galshan …«

»Sie ist doch kein Kind mehr. Sie wird es verstehen. Und schließlich fahre ich ab und zu mit dem Lastwagen dort vorbei, um ihn zu besuchen. Ich schwöre dir, er hat sich in letzter Zeit sehr verändert … Du wirst schon sehen, es wird gut laufen.«

»Trotzdem, Ryham, fünf Monate! Weißt du, was das bedeutet …?«

Er antwortete nicht oder sprach so leise, dass Galshan ihn nicht hörte.

Einen Moment lang verharrte sie mit weit aufgerissenen Augen in der Dunkelheit, Wolken schoben sich vor den Mond. Nie zuvor hatte sie den kleinen Stein aus Istanbul so fest gedrückt. Fünf Monate … Wo war dieses »Dorthin«? Und wer war dieser »Er«, der sich angeblich sehr verändert hatte …?

Sie hatte plötzlich Angst, es zu erfahren.

Kapitel 3

Daala wandte den Kopf ab, um nicht zu zeigen, dass auch sie Tränen in den Augen hatte. Ihre Stimme zitterte.

»Du wirst sehen, mein Liebes, die Zeit vergeht viel schneller, als du denkst … Und wenn du wieder da bist, feiern wir deine Rückkehr zusammen mit der Geburt des Babys.«

Galshan nickte. Bei jeder Gelegenheit brach sie in Tränen aus. Sie legte die Hand auf den Bauch ihrer Mutter und so verharrten sie und warteten darauf, dass das Baby sich bewegte. Als sich nichts tat – es war offensichtlich nicht sein Tag oder es hatte schlechte Laune –, schmiegte sich Galshan an Daala und lauschte ihrem Atem und ihrem Herzschlag, während die Mutter ihr behutsam übers Haar strich.

Ihre Sachen waren in einer Tasche verstaut, die am Fuße des Bettes stand. Dicke Winterkleidung aus Filz, Wolle, Fell und Leder. Dazu neue Stiefel, die der Vater ihr am Morgen in der Genossenschaft gekauft hatte.

»Denn dort unten fängt es noch früher an zu schneien als hier …«

Ryham lief in der kleinen Wohnung auf und ab. Er fühlte sich unwohl, räusperte sich und legte immer wieder seine großen Hände ineinander, um sie gleich darauf wieder voneinander zu lösen. Dann warf er einen kurzen Blick auf die Uhr und sah seine Tochter verstohlen an.

»Galshan, wir müssen los. Tsagüng ist nicht gerade um die Ecke.« Sie antwortete nicht. Daala schob sie sanft hinaus.

Draußen spielten die Jungen mitten auf der Straße Fußball mit einem Ball, der nicht mehr viel Luft hatte. Wenn ein Bus oder Lastwagen hupend vorbeifuhr, räumten sie das Feld und riefen dem Fahrer alle möglichen Schimpfwörter nach.

Der Motor des Ural sprang dröhnend an. Die Jungen unterbrachen ihr Spiel, um den Lastwagen abfahren zu sehen. Ryham legte den ersten Gang ein und die achtundvierzig Tonnen setzten sich schwerfällig in Bewegung.

Aïbora war auf das Trittbrett geklettert und nahm Galshans Hand.

»Ich halte dir in der Schule einen Platz neben mir frei. Für die Zeit, wenn du wieder da bist.«

Sie hatte gut reden … Galshan sah sie mit Tränen in den Augen an. Ryham bedeutete Aïbora, dass es Zeit sei abzusteigen, worauf sie von der Stufe sprang. Der Lastwagen beschleunigte und Galshan streckte den Kopf aus dem Fenster, um zu sehen, wie ihre Freundin immer kleiner wurde.

Bald war ihr Wohnblock nur noch ein kleiner dunkler Fleck am Horizont.

Vater und Tochter schwiegen lange. Auch Ryhams Kehle war wie zugeschnürt, selbst wenn er es nicht zugeben wollte. Die Stadt war hinter der Staubwolke verschwunden, die die acht Achsen aufwirbelten. Nur noch wenige Häuser säumten den Straßenrand und der geteerte Untergrund machte einer Piste Platz, die sich wie eine lange Schnur durch das hohe Gras zog. Die Steppe vor ihnen schien unendlich.

Ryham räusperte sich.

»Baytar weiß, dass du kommst«, sagte er schließlich. »Ich habe einen Freund gebeten, der mit dem Lastwagen in der Nähe von Tsagüng unterwegs war, es ihm auszurichten. Ich glaube, dass er sich sehr freut, dich wiederzusehen. Es ist so lange her … Und du wirst ja auch nicht den ganzen Tag mit ihm verbringen. Ich habe dich in der Schule angemeldet, dieselbe, in die ich in deinem Alter gegangen bin. Mit dem Pferd braucht man eine halbe Stunde bis dorthin! Am Anfang wird Baytar dich begleiten. Du wirst sehen, das Leben ist anders als hier …

Galshan zog die Schultern hoch und lehnte sich gegen die Tür. Sie hatte einen dicken Kloß im Hals.

Fünf Monate! Einhundertdreiundfünfzig Tage bei Baytar! Gestern hatte sie es ausgerechnet!

Einhundertdreiundfünfzig Tage bei einem verrückten Alten, der allein mit seinen Pferden und Schafen lebte!

»Verrückter Alter!« Die Worte waren ihr herausgerutscht, als ihre Eltern sie von der Entscheidung unterrichteten, und Ryham war so wütend geworden wie nie zuvor. Zum ersten Mal in seinem Leben hätte er ihr fast eine Ohrfeige verpasst. Daala konnte seinen Arm gerade noch zurückhalten.

»So darfst du niemals über deinen Großvater reden!«, hatte er geschrien. »Auch wenn er sich nicht immer richtig verhalten hat, vergiss niemals, dass Baytar mein Vater ist und du seine Enkelin!«

Sie hatte alles versucht, um nicht dorthin zu müssen: Sie hatte versprochen, sich ganz klein zu machen, so viel wie möglich zu helfen, niemandem zur Last zu fallen! Sie hatte geweint, geschrien, mit den Füßen gestampft. Es hatte nichts genützt ... Ihre Eltern hatten sich nicht davon abbringen lassen.

Was Baytar anging ... Sie kannte ihn kaum. Sie hatte ihn nicht mehr als vier Mal im Leben gesehen und konnte sich gerade an sein Gesicht erinnern.

Das Verhältnis zwischen ihm und seinem Sohn Ryham war nicht unbelastet. Angefangen hatte es im Jahr ihrer Geburt, als Daala und Ryham sich kennenlernten. Sie unterrichtete Englisch und er beendete gerade seinen Militärdienst in der Volksarmee. Sie heirateten, ohne jemanden zu fragen, und entschieden sich, in der Stadt zu bleiben.

Als Baytar davon erfuhr, wurde er unglaublich wütend.

Zunächst einmal hätte er nie eingewilligt, dass sein Sohn diese Frau heiratete. Eine Frau aus der Stadt, die nicht einmal wusste, wie man Tiere melkt, die nicht reiten konnte und bei der Geburt von Lämmern nur hilflose Zuschauerin wäre. Eine Frau, die nichts anderes konnte, als so etwas Sinnloses wie Englisch zu unterrichten.

Außerdem hatte er nie verstanden, warum Ryham nicht, wie alle Männer seiner Familie zuvor, in die Viehzucht einsteigen und seine beachtlichen Pferde- und Schafherden übernehmen wollte, die sommers wie winters auf den Berghängen weideten.

Doch vor allem hatte Baytar nicht verdaut, dass sein erstes Enkelkind, das in seinen Augen die Zukunft seiner Familie darstellte, ein Mädchen war.

Sie – Galshan.

Kapitel 4

Sie fuhren bereits mehr als zehn Stunden. Inzwischen war es dunkel geworden. Von Zeit zu Zeit tauchten Eulen im Lichtkegel der großen Scheinwerfer des Ural auf. Aufgeregt flatterten sie mit den Flügeln und verschwanden, kurz bevor sie gegen den Lastwagen geprallt wären, wieder in der Dunkelheit. Der Motor dröhnte gleichmäßig, während sie über die endlose holperige und staubige Piste rollten. Die Augen in die Dunkelheit vor sich gerichtet, sah Ryham die Schlaglöcher und Steine, die erst im letzten Moment von den Scheinwerfern erfasst wurden, gerade noch rechtzeitig.

Immer wieder nickte Galshan ein, und wenn sie dann ruckartig erwachte, konnte sie nicht sagen, ob sie nur einige Sekunden oder Stunden geschlafen hatte. Sie veränderte ihre Position und versuchte wieder einzuschlafen. Sie hatte genug von dem Lastwagen. Alles tat ihr weh: der Kopf, der Rücken, der Hintern … Sie konnte nicht mehr, so genervt und müde war sie.

»Tsagüng«, verkündete Ryham plötzlich und deutete mit dem Finger nach vorn.

Galshan, die wieder eingeschlafen war, riss die Augen auf. Dort, am Ende des Lichtkegels der Scheinwerfer, tauchte ein Dutzend weiße Flecken in der Dunkelheit auf. Ryham drosselte das Tempo. Einige Schafe sprangen hastig vor dem Lastwagen zur Seite. Ihre großen, verschreckten Augen leuchteten wie Laternen.

Die ersten Jurten, an denen sie vorbeikamen, waren verlassen. Aus den zerrissenen Filzdächern wucherte bereits das Gras.

»Als ich ein Kind war, lebten hier mehr als zwanzig Familien.«

»Und jetzt?«

»Mein Vater ist der Letzte. Alle anderen sind näher an die Stadt gezogen, auch wenn sie nicht alle, wie wir, in einer Wohnung leben.«

Plötzlich tauchten zwei große Hunde vor dem Lastwagen auf, bellend und mit hochgezogenen Lefzen, sodass ihre Reißzähne aufblitzten. Es waren Riesentiere. Die Pfoten fest in den Boden gestemmt, schienen sie entschlossen, dem Lastwagen den Weg zu versperren. Die Bremsen kreischten. Der Ural kam in einer Staubwolke zum Stehen. Ryham schaltete den Motor aus, ließ die Scheinwerfer jedoch an und stieg, ohne zu zögern, aus.

»Huda! Huva! Ruhig! Was ist, ihr beiden, erkennt ihr mich etwa nicht mehr?«

Das Knurren der Tiere wurde leiser. Dann waren sie still, näherten sich langsam und schnüffelten an Ryhams Händen, die er ihnen entgegenhielt.

Die Tür einer Jurte öffnete sich und jemand, der nur schemenhaft zu erkennen war, kam auf sie zu. Ryham half seiner Tochter beim Aussteigen. Es war kalt. Der scharfe Wind, der die Gräser niederdrückte, roch nach Wollfett und Schafskot. Die Hunde schnupperten an Galshans Kleidung, wobei die Schnauzen ihr fast bis zur Brust reichten. Die schemenhafte Person war jetzt ganz nah. Galshan zitterte wie ein Blatt. Im Halbdunkel spürte sie einen Blick auf sich ruhen.

Eine raue Hand griff nach ihrem Arm und zog sie in den Lichtkegel der Scheinwerfer. Finger strichen ihr die Haare aus der Stirn und ein vom Wetter gegerbtes Gesicht, das von zwei tiefen Falten durchzogen war, musterte sie eindringlich.

»Aha, du bist also Galshan, meine Enkelin …«

Kapitel 5

Als ahnte sie, dass etwas geschehen war, fuhr Galshan ruckartig von ihrem Strohlager hoch und stürzte nach draußen. Es war schon längst Tag. Die Schafe traten stur den Boden platt und die Hunde schliefen mit dem Kopf zwischen den Pfoten. Rauch hing in der Luft. Sie sah sich nach allen Seiten um.

Der Ural war nicht mehr da! Ryham war abgefahren! Sie hatte nichts gehört! Einige Meter entfernt hockte Baytar vor einem Feuer und streckte die Hände in Richtung der Flammen.

»Dein Vater hat sich heute Morgen in aller Frühe wieder auf den Weg gemacht«, sagte er, ohne sich umzudrehen, »er wollte dich nicht wecken.«

Sie antwortete nicht und blieb, niedergeschmettert von dieser Nachricht, reglos stehen. Der trockene Wind, der ihr über das Gesicht fegte, war eisig. Ihr war plötzlich sehr kalt.

Baytar erhob sich.

»Binde dir das Haar zusammen oder schneide es ab. Das geht nicht, dass es dir dauernd ins Gesicht fliegt. Es wird dich stören, hier weht ständig ein Wind.«

Er sprach in dem rauen Bergdialekt, den sie nicht immer verstand. Sie wandte ihm den Rücken zu, zum einen, um seinem prüfendem Blick zu entkommen, aber auch, um ihre Tränen zu verbergen. Doch während sie sich einen festen Zopf flocht, den sie unter ihre Mütze steckte, spürte sie seinen Blick in ihrem Nacken. Er ließ sie nicht einen Moment aus den Augen.

»Am Feuer stehen ein Teller mit Fladenbrot und eine Schale Milch. Bleib hier, bis ich wiederkomme!«

Überraschend schwungvoll für sein Alter sprang Baytar auf sein Pferd, griff sich die Urga, einen langen Stock, an dessen Ende ein lassoartiger Riemen befestigt war, und entfernte sich in Richtung einer kleinen Gruppe von Pferden, die an einem Abhang weidete. In großem Bogen trabte er gegen den Wind von hinten an sie heran. Die Tiere schienen ihn nicht bemerkt zu haben. Ruhig beobachtete er sie einen Moment, als plötzlich einer der Hengste ein leises Wiehern ausstieß, um die anderen zu warnen. Die Pferde stoben auseinander, aber Baytar war einen Sekundenbruchteil schneller. Ruckartig schwang er die Urga. Die Schlinge legte sich um einen Hals. Das Pferd schnaubte, schlug aus und versuchte sich aufzubäumen, doch Baytar war bereits neben ihm. Er beugte sich über das Tier, als wollte er mit ihm sprechen. Es dauerte nur kurz, dann hatte es sich, wie durch ein Wunder, beruhigt.

Als er im Schritttempo zur Jurte zurückkehrte, folgte ihm das Pferd, ohne auch nur zu versuchen, am Führstrick zu zerren. Baytar deutete auf einen Verschlag aus Stein.

»Galshan, da drinnen findest du alles, was du brauchst, um es aufzuzäumen. Reite sofort los, lerne es kennen, sprich mit ihm, lass es deinen Geruch wahrnehmen und nimm du seinen wahr. Auf ihm zu reiten soll für dich genauso normal werden wie gehen.«

Ohne ein weiteres Wort zu verlieren, übergab er ihr den Führstrick. Der alte Mann kniff die Augen zusammen, bis sie nur noch Falten zwischen Dutzenden anderen Falten waren, die sein Gesicht durchzogen.

»Ryham hat mir versichert, dass du genauso gut reiten kannst wie er. Das möchte ich gerne glauben, aber noch lieber möchte ich es sehen.«

Einen Moment schwieg er und sagte dann schulterzuckend: »Aber was kann Ryham heute denn noch? Kann er noch etwas anderes, als sich auf seinen Hintern in den Dreckslaster zu setzen ...?«

Baytar stieß leicht in die Flanken seines Pferdes und galoppierte davon. Erdklumpen flogen auf. Die Hunde blieben ihm dicht auf den Fersen. Kurz drehte er sich um und rief:

»Dein Pferd heißt übrigens Eisengrau!«

Ohne anzuhalten oder langsamer zu werden, ritt er eine Anhöhe hinauf und verschwand dann auf der anderen Seite.

In ihrer Tasche drückte Galshan den kleinen Stein aus Istanbul. Durch die fast geschlossenen Lippen zischte sie: »Ich hasse dich, verrückter Alter!«

Kapitel 6

Eisengrau verfiel von selbst in den Passgang, was Galshan von den Ausritten mit ihrem Vater vertraut war. Es war die typische Gangart für lange Strecken. Allen Reittieren in der Steppe wurde beigebracht, sich auf diese Weise vorwärtszubewegen, wobei sie beide Beine einer Seite gleichzeitig hoben.

Zunächst hatte das Mädchen vor, in der Nähe der Jurte zu bleiben, doch das Pferd scharrte mit zuckenden Muskeln ungeduldig auf der Stelle. Es wollte nur eins: sich die Hufe heiß laufen …

Galshan fasste sich ein Herz und lenkte das Pferd in leichtem Trab in Richtung der Anhöhe, hinter der Baytar verschwunden war. Das Gras reichte ihr bis zu den Oberschenkeln und die Schafe sprangen blökend zur Seite, als sie vorbeiritt.

Sie gelangte zum Kamm des Hügels. Um sie herum gab es nichts als Gras, Felsen und Himmel. Das war alles! Auf der anderen Seite ging es fast senkrecht nach unten, ein bedrohlicher, steiniger

Steilhang, übersät mit Saxaulsträuchern. Sie musterte jede Felsspalte, jede Unebenheit. Keine Spur von Baytar! ... Sie war ganz allein. Winzig klein! Eine starke Windböe fegte über sie hinweg, dass die Halme pfiffen. Tsagüng, das hinter ihr lag, schien unglaublich weit entfernt.

Galshan schauderte. Sie hatte plötzlich das grausame Gefühl, keine Luft mehr zu bekommen, wie an jenem Tag, als sie in den Fluss gefallen war. Die Strömung hatte sie mitgerissen. Unmöglich zu entkommen. Sowie sie versuchte Luft zu holen, hatte sie noch mehr Wasser geschluckt, das ihr den Atem nahm. Eiskalter Schweiß rann ihr den Rücken hinunter und die Angst fraß sich wie eine fette Ratte in ihren Bauch. Sie richtete sich in ihren Steigbügeln auf und schrie aus voller Kehle.

»Baytar! ... Baytar! ...«

Eisengrau legte die Ohren an und zuckte zusammen. Mit einem beklemmenden Gefühl im Bauch verharrte sie reglos und lauschte. Doch nur der Wind antwortete und ein Greifvogel, der hoch am Himmel segelte, stieß einen spitzen Schrei aus. Er kreiste über ihr, als würde er ihr auflauern.

Galshan konnte nicht anders, als wild mit den Armen zu fuchteln und »Hau ab! Hau ab!« zu rufen.

Sie hatte nur noch eins im Kopf: zurückreiten! Sofort zurückreiten! Ihr Herz hämmerte wie ein Kolben. Panisch stieß sie die Fersen in Eisengraus Flanken, der sofort den Abhang hinuntergaloppierte. Sie klammerte sich an seiner Mähne fest und hing wie ein schwankender Strohhalm auf seinem Rücken, um ein Haar hätte er sie abgeworfen. Plötzlich glitten ihre Stiefel aus den Steigbügeln, sie verlor den Halt und merkte, wie sie rutschte und rutschte … Das Gras und die Steine sausten unter ihr vorbei, die Hufe hämmerten auf den Boden.

Wäre Ryham bei ihr gewesen, hätte er ihr zugeschrien: »Hoch mit dir!« Mit enormem Kraftaufwand und zum Zerreißen gespannten Muskeln schaffte sie es tatsächlich, sich wieder aufzurichten. »Nach hinten lehnen, Gewicht auf den Po …« Nach hinten … Gewicht auf den Po. Sie fand ihr Gleichgewicht wieder. Ihre Muskeln arbeiteten jetzt besser im Rhythmus des Pferdes, nach und nach fühlte es sich ähnlich an wie auf den langen Ausritten mit ihrem Vater. Die Mähne peitschte ihr ins Gesicht, der Wind pfiff in ihren Ohren. Genauso wie mit Ryham. Besser noch! Sie hatte das Gefühl, noch nie so viel galoppiert zu sein, so schnell … Mit geschlossenen Augen ließ sie sich tragen. Sie öffnete sie erst wieder, als Eisengrau abrupt vor der Jurte stehen blieb. Über seinen schweißnassen Hals gebeugt verharrte sie eine Weile reglos und spürte, wie das Blut des Tieres in den Adern pulsierte, während es mit weit geöffneten Nüstern ihren Geruch aufsog.

Baytar kehrte erst am Nachmittag zurück. Er jagte vom Kamm herunter direkt vor die Jurte und brachte das Pferd nur wenige Schritte vor ihr zum Stehen. Sie rührte sich nicht vom Fleck. »Hast du gar keine Angst?«

»Nein, mein Vater macht das Gleiche mit seinem Lastwagen, und der ist um einiges größer als dein Pferd.«

Der Alte tat, als habe er nichts gehört.

»Ich dachte, ich hätte dir gesagt, dass du mit deinem Pferd ausreiten sollst.«

»Das habe ich den ganzen Vormittag getan.«

»Tut dir der Hintern weh?«

»Ein bisschen …«

»Nur ein bisschen! Das reicht nicht. Rauf aufs Pferd!«

»Aber ich …«

»Rauf mit dir!«

Der Ton war unmissverständlich. Baytar ritt mit Galshan bis zu den letzten Jurten. Sie waren groß und rund und die zerrissenen Filzmatten peitschten im Wind. Innerhalb von wenigen Minuten hatte sich der Himmel zugezogen.

»Am Ende des Tals gibt es eine Quelle, wo wir die Pferde tränken können. Wer als Erster da ist!«

Baytar stieß einen Schrei aus und versetzte Eisengrau einen Hieb auf den Rücken. Galshan kippte nach hinten, als das Pferd davonstob, und musste sich an der Mähne festhalten. Sobald sie das Gleichgewicht wiedergefunden hatte, war der Alte ihr dicht auf den Fersen und schrie wie ein Wahnsinniger. Und bei jedem Schrei, den er ausstieß, wurde Eisengrau schneller, immer schneller.

»Nicht so schlaff«, brüllte Baytar, »du hast eine Haltung wie eine Schnecke!«

Sie wusste genau, dass das nicht stimmte! Er sagte das bloß, um sie zu reizen, um zu sehen, wie weit er mit ihr gehen konnte. Sie schluckte die Tränen hinunter. »Ich hasse dich!« Er wollte es sehen, der alte Spinner? Dann sollte er es sehen! Mit ganzer Kraft hieb sie Eisengrau die Stiefel in die Flanken. Sein Hals war fast waagerecht nach vorn gestreckt, die Nüstern weit geöffnet, das Maul schäumte. Die Landschaft raste wie in einem Höllenzug an ihnen vorbei, die Hufe brachen krachend in den harten Boden ein. Bald konnte sie nichts mehr sehen, nichts mehr hören, sie spürte nur noch die Kraft der Muskeln ihres wie wahnsinnig galoppierenden Pferdes.

Kurz geriet Baytars Pferd aus dem Rhythmus und dann geschah das Wunder: Ohne sich umzudrehen, merkte Galshan, dass er zurückblieb. Das Ende des Tals war jetzt ganz nah. Sie würde gewinnen! Sie würde ihn schlagen! Mit zusammengekniffenen Augen konnte sie das Wasserband hinter dem hohen Gras bereits erahnen. Und sie sollte also die Haltung einer Schnecke haben! Jetzt stieß auch sie einen Schrei aus, nicht weniger laut, als er es zuvor getan hatte. Nur noch hundert Meter!

Er reagierte hinter ihr ebenfalls mit einem Schrei.

»Yeeaaah!«

Plötzlich war er wieder da, ganz dicht neben ihr. Einen Moment lang galoppierten sie Schenkel an Schenkel, Flanke an Flanke. Noch wenige Meter! Wenige Meter noch durchhalten! Plötzlich löste sich Baytars Pferd. Er zog vorbei und erreichte mit einer Halslänge Vorsprung das Ziel.

Die Tiere schäumten vor Schweiß und schnauften wie Schornsteine, der Wind trug lange Speichelfäden mit sich, die aus ihren Mäulern hingen. Mit einem kaum sichtbaren Lächeln auf den Lippen riss Baytar ein Büschel Gras aus, um sein Pferd abzureiben.

Wortlos beobachteten der Alte und Galshan, wie die Tiere in langen Zügen tranken. Als die ersten Tropfen auf der Erde zerplatzten, wälzten sich die abgesattelten Pferde im Gras.

Den Rückweg legten sie bei strömendem Regen im Schritttempo zurück.

Am Abend holte Galshan im flackernden Licht des Ofens ein kleines Heft, das sie mitgebracht hatte, aus ihrer Tasche hervor und strich den ersten der einhundertdreiundfünfzig Tage aus, die sie in Tsagüng verbringen sollte.

Sie hatte das Gefühl, bereits viel länger da zu sein.

Kapitel 7

Baytar ritt so früh am Morgen fort, dass Galshan nicht einmal hörte, wie er aufstand. Seine Hunde begleiteten ihn und sie blieb allein mit Eisengrau zurück.

Später, als die Sonne ihren höchsten Punkt erreicht hatte, segelte der Greifvogel über den Bergen, genau dort, wo sie ihn auch zum ersten Mal gesehen hatte. Es war derselbe. Ryham hatte seiner Tochter beigebracht, sie an den Silhouetten zu erkennen: die Milane mit ihrem pfeilartigen Schwanz, die spitz zulaufenden Flügel der Falken, den runden Schwanz der Bussarde …

Doch dieser Vogel sah anders aus: größer, mit enormer Spannbreite … Sie beobachtete, wie er mit reglosen, ausgebreiteten Schwingen weite Kreise zog. Manchmal war er nur ein winziges schwarzes Korn am weiten Himmel.

Dann kam Galshan der Gedanke, dass er von dort oben womöglich Ikhoiturüü sehen konnte, ihren Wohnblock, Daala auf ihrem Bett und Aïbora beim Fotofang …

Und Galshan trainierte nun auch jeden Morgen.

Sobald Eisengrau gesattelt war, begann er unruhig mit den Hufen zu scharren. Er hatte verstanden.

»Yeeaaah!«

Sie galoppierten bis ans Ende des Tals und flogen dabei mit lauten Schreien und Hufgeklapper über das hohe Gras. Sie bildeten eine Einheit aus Muskeln und freudiger Erregung. Die Welt raste an ihnen vorbei: die Steppe, Berge, Schafe, andere Pferde …

Nichts hatte mehr Bedeutung. Es zählten nur noch die Geschwindigkeit, das Pfeifen des Windes und die in der Ferne liegende Quelle, die mit jedem Schritt näher kam.

Nachdem sie angekommen waren, trank Eisengrau gierig, während Galshan ihn mit trockenem Gras abrieb. Gemächlich machten sie sich dann in leichtem Trab auf den Rückweg nach Tsagüng, doch kaum hatten sie die erste Jurte hinter sich gelassen, machten sie kehrt und es ging wieder los …

»Yeeaaah!«

Unter ihren Schenkeln spürte Galshan jede Bewegung ihres Pferdes, jede Anstrengung, worauf sie versuchte sich noch leichter zu machen, noch geschmeidiger. Sie wollte nur noch der Schrei sein, mit dem sie sich für diesen leidenschaftlichen Galopp Mut machte.

Wenn Baytar von seinen rätselhaften morgendlichen Ausflügen zurückkehrte, war Eisengrau so trocken, als hätte er sich überhaupt nicht angestrengt, doch während die Weizenmehlfladen über der Glut buken, ging Baytar zu dem Pferd, um es genauer anzuschauen. Auch wenn er nichts sagte, wusste Galshan, dass er an winzigen Details merkte, dass sie mit Eisengrau trainierte. Am neunten Abend schlug sie den alten Baytar.

Am Morgen war sie mit Eisengrau galoppiert wie nie zuvor, als wären das Pferd und sie eins. Und sobald sie an jenem Abend »Yeeaaah« brüllte, wusste sie, dass sie gewinnen würden. Als sie mit einer ganzen Pferdelänge Vorsprung vor Baytar ins Ziel kam, ließ sich Galshan ins Gras fallen und schüttelte sich vor Lachen.

Wie gewohnt sagte der Alte nichts, doch all seine Falten gerieten in Bewegung und eine davon formte sich zu einem Lächeln.

Am darauffolgenden Morgen wurde sie rüde von einer Hand wachgerüttelt.

»Hoch mit dir und zieh dich an«, brummte Baytar, »von heute an begleitest du mich.«

Der Tag war nicht mehr als eine dünne orangefarbene Linie oberhalb der Berge im Osten, die Hunde kläfften in der Kälte und aus den Nüstern der Pferde strömte weiß der Atem.

Kapitel 8

Schwerfällig stiegen die Pferde den Pfad hinauf und traten dabei Steine mit den Hufen los. Ein Haselhuhn, das sie aufgeschreckt hatten, flüchtete zwischen ihren Beinen hindurch und die Hunde stürzten wild hinterher, um es im Flug zu schnappen.

Galshan hatte ihre Fäustlinge vergessen und die frühmorgendliche Kälte schnitt ihr förmlich in die Finger, doch sie hütete sich, Baytar gegenüber etwas zu erwähnen.

Als sie oben auf dem Kamm ankam, wo er bereits wartete, hielt sie erstaunt inne. Bis dahin hatte das Mädchen geglaubt, dass Baytars Herde aus den mehreren Dutzend Tieren bestand, die er bei der Jurte hielt. Doch jetzt erblickte sie Hunderte von Schafen, die sich auf einer riesigen von Bergen umgebenen Hochebene drängten. Noch nie hatte sie so viele Schafe auf einmal gesehen. Sie alle trugen ein dickes rotes Band im Fell. Von Weitem sah die Ebene aus wie ein Klatschmohnfeld.

»Es sind mehr als dreihundert«, sagte Baytar und in seiner Stimme schwang ein wenig Stolz mit. »Ich war so alt wie du jetzt, als meine Großmutter mir mein erstes Schaf schenkte ...« Mit hängender Zunge legten sich Huda und Huva ihm zu Füßen und blickten zu ihrem Herrn auf.

»Lauft, Hunde!«, rief er.

Die beiden Tiere sprangen sofort auf und einer trieb die Herde von links zusammen, der andere von rechts. Sie bellten nur wenige Male, bis auch die Schafe, die sich am weitesten entfernt hatten, bei den anderen waren, sodass Baytar, gefolgt von Galshan, mit zusammengekniffenen Augen beginnen konnte, die Herde zu mustern. Nicht ein einziges Schaf, nicht ein einziges Lamm entging dem Blick des alten Schäfers. Ab und zu trat er zu einem Tier, um es sich näher anzuschauen. Nach wenigen Sekunden entfernte er sich dann aber jedes Mal wieder und murmelte einige unverständliche Worte.

Plötzlich zeigte Baytar mit der Hand auf ein Schaf.

»Ah, sieh mal einer an, da ist es ja! Das suche ich schon seit mehreren Tagen. Komm, hilf mir.«

Das Tier hatte eine riesige Eiterbeule an der Schulter. Es versuchte zu fliehen, als Baytar sich näherte, doch der Riemen der Urga hatte bereits eine Schlinge um seinen Hals gelegt. Er zog die Hufe des Tieres hoch und es fiel zu Boden.

»Du hältst mir das jetzt genau so, die Hufe so dicht wie möglich an dich gedrückt, ein Knie auf der Brust. Und nicht bewegen!«

Mit weit aufgerissenen Augen starrte das Schaf sie an. Es wehrte sich, doch Galshan zog es mit ganzer Kraft an sich. Das Geschwür bildete eine lange, hässliche Beule unter der Wolle. Baytar kniete sich mit dem Messer in der Hand nieder.

»Und auf keinen Fall loslassen!«, warnte er.

Galshan fragte sich, ob er es wohl töten würde, vor ihren Augen … Er rasierte die Wolle ab, bis eine handtellergroße Fläche freilag, und schnitt dann entschlossen die Haut auf. Das Schaf blökte vor Schmerz und versuchte mit aller Macht sich zu befreien. Ein Huf entkam Galshans Griff und schlug wenige Zentimeter vor Baytars Gesicht wild durch die Luft.

»Festhalten, verflixt noch mal!«, brüllte er.

Er drückte auf die Beule. Eine dicke, weißliche Flüssigkeit spritzte auf Galshans Hände und Kleidung. Sie stieß vor Ekel einen Schrei aus und ließ alles los. Blitzschnell rappelte sich das Schaf auf und verschwand in der Herde.

Baytar stand fluchend auf.

»Konnte die Wunde nicht mehr reinigen«, brummte er. »Wenn es krepiert, bist du schuld.«

Verärgert entfernte er sich, ohne sie auch nur eines Blickes zu würdigen. Galshan spürte heiße Tränen auf ihren Wangen, die an ihrem Kragen gefroren. Alter Holzkopf! Wenn sie mutiger gewesen wäre, hätte sie ihn gefragt, was er denn ohne sie gemacht hätte.

Sie richtete den Blick gen Himmel, in der Hoffnung, den Greifvogel zu entdecken. Da er so hoch fliegen und so weit sehen konnte, war er für sie zu einer Brücke zwischen hier und ihrem Zuhause, dort hinten, ganz weit im Osten, in Ikhoiturüü, geworden. Vielleicht konnte Daala ihn von ihrem Fenster aus ebenfalls sehen … Mit leiser Stimme sprach sie mit ihr, sie war davon überzeugt, dass ihre Mutter sie hören konnte.

Plötzlich fiel ihr auf, dass sie stets allein gewesen war, wenn sie den Vogel am Himmel von Tsagüng gesehen hatte. Ohne Baytar … Der Alte verschwand, der Greifvogel erschien. Der Alte erschien, der Greifvogel verschwand. Als würde Baytars Anwesenheit genügen, um ihn in die Flucht zu treiben …

Kapitel 9

Mehr als zwanzig Tage lebte Galshan nun schon in Tsagüng.

Sie hätte nicht sagen können, ob es ihr viel oder wenig erschien. Im Vergleich zu einhundertdreiundfünfzig Tagen war es fast nichts, dennoch hatte sie das Gefühl, bereits seit einer Ewigkeit hier zu sein. Als wäre sie hier geboren ... Jeden Abend, bevor sie sich auf ihr Strohlager legte, strich sie einen weiteren Tag in ihrem Heft aus und hielt den kleinen schwarzen Stein aus Istanbul für einige Minuten in ihrer Hand. »Du wirst sehen, mein Liebes, die Zeit vergeht viel schneller, als du denkst ...«, hatte Daala gesagt. Das Mädchen schloss die Augen und spürte ihre beruhigende Wärme, als wäre sie ganz nah. Fast unfreiwillig lernte Galshan, was ein Schäfer wissen musste. Sie konnte inzwischen ein Mutterschaf ruhig stellen und auf Anhieb ein schwaches oder humpelndes Tier in der Herde ausmachen. Wenn sie mit den Schafen fertig waren, ließ Baytar sie immer allein zur Jurte zurückreiten. Er machte eine Handbewegung und schlug dann, gefolgt von seinen Hunden, einen steilen Pfad ein, der weiter ins Gebirge hinaufführte und kaum breit genug für die Hufe seines Pferdes war.

Ein Mal, nur ein einziges Mal wollte Galshan ihn begleiten, doch er drehte sich mit zusammengekniffenen Augen zu ihr um.

»Huva und Huda sind bei mir, einen dritten Wachhund brauche ich nicht!«

»Sturer Bock!«, fluchte sie leise mit Tränen in den Augen. »Ich bin deine Enkelin und nicht dein Hund.«

Baytar hatte sie gehört, dafür hätte sie die Hand ins Feuer gelegt.

Er ritt über den Kamm der Anhöhe und verschwand dann auf der anderen Seite zwischen Saxaulsträuchern. Während Galshan nach Tsagüng zurückkehrte, sah sie den Greifvogel wieder am Himmel. Er stieß seinen Schrei aus: »Hiik! Hiik!«, und stieg in immer größeren Kreisen mit weit ausgebreiteten Schwingen spiralförmig auf. Der Alte verschwand, der Greifvogel erschien … »Grüß meine Mutter, sag ihr, dass ich an sie denke, ganz fest …«, murmelte Galshan und strich dabei über Eisengraus Hals.

Eines Tages würde sie statt des Pfeifens des Windes im Gras das Dröhnen des Ural hören. Ihr

Vater würde seine Scheinwerfer drei Mal aufblenden, worauf sie ihre Arme schwenken würde und die qualmende Kühlerhaube des Lastwagens wenige Zentimeter vor ihr zum Stehen käme.

Kapitel 10

Siebenundzwanzigster Tag.

Am frühen Nachmittag zog sich der Himmel plötzlich zu. Der Nordwind brachte Feuchtigkeit mit sich und Baytar hielt die Nase witternd in die Luft wie ein Tier. »Es wird schneien«, verkündete er.

Dann wandte er den Kopf plötzlich in Richtung der Piste. Durch das Pfeifen des Windes und das Krächzen der Raben hindurch, die sich um ein totes Nagetier stritten, drang ein ungewohntes Geräusch. Ein Motor!

Galshan erstarrte das Blut in den Adern. Hoffnungsvoll spitzte sie die Ohren. Doch dieses Surren, das an eine Fliege erinnerte, hatte nichts mit dem Dröhnen des Ural gemein. Eine Staubwolke erschien am Horizont und raste auf Tsagüng zu. Ein Motorrad tauchte auf. Ein schweres, russisches Motorrad ...

»Auwei, der Korinthenkacker, das gibt Ärger«, sagte Baytar mit zusammengekniffenen Augen.

Das Motorrad hielt an und der Mann, der abstieg, klopfte sich den Staub aus dem Parka, um ihn dann, obwohl es kalt war, auszuziehen und sorgfältig gefaltet auf den Lenker zu legen. Mit seiner Krawatte, der kleinen Hornbrille und dem grauen Anzug wirkte er zwischen all den Schafen in der Steppe seltsam verloren. Man musste einfach lachen! Baytar tat so, als bemerkte er ihn nicht.

Der Mann trat von einem Bein aufs andere und knetete dabei seine Mütze zwischen den Fingern. Schließlich legte er eine Hand auf die Brust und machte eine kurze Verbeugung.

»Hylbang Dshjuguwaa«, stellte er sich vor, »Bezirksschulinspektor …«

Galshan spürte einen kleinen Stich in ihrem Herzen.

»Deine Enkelin«, fuhr er fort und zeigte mit dem Finger auf sie, »steht auf unserer Liste. Wir haben sie seit Schulanfang noch nicht bei uns gesehen und ich würde gern wissen, warum du sie nicht in die Schule schickst.«

Baytar drehte sich in aller Ruhe eine Zigarette, wobei er Galshan aus den Augenwinkeln ansah und sie dann geradeheraus fragte: »Kannst du lesen?«

Sie musste lachen.

»Lesen? Natürlich, ich kann schon lange lesen.

Ich habe sogar einige Bücher mitgebracht, die Mama mir vor der Abreise geschenkt hat, aber ich kam noch nicht dazu.«

»Gut … und rechnen? Kannst du auch rechnen?«

»Selbstverständlich!«

»Und kannst du Schafe melken?«, fragte der Alte weiter und stieß eine Rauchwolke aus.

»Noch nicht sehr gut, ich lerne es gerade erst.«

»Und wenn ein Wolf ein Tier aus deiner Herde angreift, kannst du ihm dann eine Falle stellen?«

»Ein Wolf!« Galshan fing an zu lachen. »Sonst noch was?« Baytar wandte sein von Falten durchzogenes Gesicht dem Inspektor zu.

»Du hast es gehört, Hylbang. Was du meiner Enkelin beibringen willst, kann sie bereits. Aber was sie bei mir lernen kann, ist für sie neu. Wenn du zudem bedenkst, dass ich nicht mehr ganz jung bin und niemand weiß, wie viele Tage ich noch zu leben habe, glaube ich, dass es sinnvoller ist, dass sie hierbleibt, an meiner Seite … Und wenn du nicht durch einen Schneesturm fahren willst«, fügte er hinzu und deutete auf den mit Wolken verhangenen Himmel, »dann rate ich dir, nicht länger zu warten … Ich wünsche dir eine gute Rückkehr.«

Dann machte er auf dem Absatz kehrt.

»Aber Baytar«, rief der Mann ihm aufgebracht nach, »das ist nicht deine Entscheidung, so geht das nicht. Galshan muss in die Schule gehen. Das ist Pflicht! … Pflicht!«

Baytar hatte sich bereits ein gutes Stück entfernt. Ohne sich die Mühe zu machen, sein Pferd auch nur zu satteln, schwang er sich hinauf und ritt in Richtung der Hügel davon.

Kapitel 11

Der Schnee fiel bis zum Morgengrauen, und als der Tag eisig und klar wie Milch anbrach, lag er bereits überall. Auf dem flach gedrückten Gras, auf der Wolle der Schafe, auf den Hängen ... So weit das Auge reichte, war alles weiß.

Die letzten Wolken lösten sich auf und am Ende des Tals erschien der Berg Guruv Uul in strahlendem Sonnenschein, glitzernd wie ein Spiegel. Die Augen in den blauen Himmel gerichtet, zog Baytar an seiner Zigarette.

»Ideale Flugbedingungen ...«

»Was meinst du?«

»Ich habe gesagt: ideale Flugbedingungen.«

»Was soll das heißen?«

»Das heißt, dass es an der Zeit ist, dir beizubringen, was solche Dummköpfe wie dieser Hylbang Dshjuguwaa niemals verstehen werden. Komm!«

Der steile Pfad war kaum zu erkennen und durch den Schnee sehr glatt.

Die Pferde schnauften wie Maschinen. Hin und wieder traten sie mit dem Huf einen Stein los und waren lediglich mit einem Hieb in die Flanken zum Weitergehen zu bewegen, vorsichtig, um mögliche Stolperfallen zu vermeiden. Sie ließen die letzten Saxaulsträucher hinter sich und waren jetzt nur noch vom Grau der Felsen und dem Weiß des Schnees umgeben. Der Pfad führte stetig bergan. Die Kälte war schneidend und lähmte ihre Lippen. Nicht ein einziges Mal blickte Baytar über die Schulter zurück, ob Galshan ihm folgen konnte. Erst an einer dicken Steinmauer, die vor langer Zeit von Schäfern errichtet worden war, blieb er stehen.

Der Schrei eines Greifvogels ganz in ihrer Nähe durchbrach die Stille. Galshan sprang auf. Sie suchte am leeren Himmel nach seiner Silhouette. Er war nicht zu sehen … doch der hohe schrille Ton erklang erneut. Nur wenige Schritte von ihr entfernt. Direkt hinter den Felsen!

Kapitel 12

»Warte hier auf mich!«, flüsterte Baytar, während er zwischen den Felsen verschwand.

Als er wieder auftauchte, sagte Galshan eine Weile gar nichts. Sie war so fassungslos, dass es ihr die Sprache verschlug. Vor ihr, auf dem mit einem langen Handschuh geschützten Unterarm des alten Mannes, saß der Adler. Sie erkannte ihn sofort wieder: Es war derselbe, der jeden Tag über Tsagüng kreiste. Der Vogel ließ sie nicht aus den Augen, die schwarz und golden glänzten. Er glättete sein rehbraunes Gefieder vom Schnabel bis zur Schwanzspitze, hob dann den Kopf und stieß ein schrilles »Hiik! Hiik!« aus.

Baytar löste die Lederleine, mit der er festgebunden war, und hob den Arm.

»Los, Herr Khar! Flieg!«, sagte er leise.

Der Greifvogel plusterte sich auf, ließ seine Federn dann eine nach der anderen wieder sinken und hob sich mit einem einzigen Schwung empor. Seine Flügel schlugen in der kalten Luft. Er flog auf eine Felswand zu, streifte sie fast.

»Khar sucht aufsteigende Luftströme«, erklärte Baytar. »An der Felswand, wo die Sonne am meisten wärmt, findet er sie am ehesten. Da! Sieh mal …!«

Mit weit ausgebreiteten Schwingen stieg Khar jetzt schnell auf. Innerhalb von wenigen Sekunden war er nur noch ein schwarzer Punkt am Himmel.

Galshan fühlte die Kälte nicht mehr. Die Augen auf den Adler gerichtet, war sie bei ihm, in vollem Flug, segelte über Täler und Berge und nahm die kleinsten Bewegungen auf dem Boden wahr. Durch ihn sah sie ihre Mutter vor sich, wie sie auf dem Bett lag, die Hände auf dem Bauch, und das Baby spürte. Vielleicht las sie auch gerade …

Plötzlich legte Khar die Flügel an und stürzte wie ein Stein hinter eine Felswand. Galshan stieß einen Schrei aus und wollte sofort loslaufen, doch Baytar bedeutete ihr, stehen zu bleiben, und fast im selben Moment schoss der Adler mit einem leblosen Fellbündel in den Klauen wieder nach oben. Kurz darauf landete der Greifvogel und sah sich sorgsam um, bevor er seinen Schnabel in das lauwarme, blutige Fleisch des Kaninchens stieß, das er gerade erbeutet hatte.

Der Ofen war so heiß, dass er rot glühte. Fast schmerzhaft kribbelte die Hitze in Galshans Fingerkuppen und kroch ihre ausgestreckten Arme hinauf. Der Tee dampfte in den verbeulten Schalen.

»Weißt du, Attas, ich habe Herrn Khar seit dem ersten Tag beobachtet. Immer wenn ich ihn am Himmel sehe, ist das, als wäre ich mit ihm dort oben, würde mit seinen Schwingen schweben, mit seinen Augen sehen …«

Baytar drehte sich seelenruhig eine Zigarette, griff mit bloßen Händen in den Ofen und entzündete sie an einem glühenden Span, den er zwischen Daumen und Zeigefinger hielt. Nie zuvor hatte Galshan »Attas« zu ihm gesagt, das Kosewort für »Großvater«, und einen kurzen Moment war ein Leuchten in seinen Augen zu sehen.

»Als ich meinen ersten Adler gefangen habe«, sagte er schließlich und stieß dabei Rauch aus, »hat mir mein Vater geholfen, ihn abzurichten. Er kannte sich gut aus und ließ ihn jeden Tag mit mir fliegen. Doch eines Morgens ist der Adler so weit geflogen, dass mein Vater ihn verloren glaubte. Ich aber habe in den Himmel geschaut. Ich hatte keine Angst. Ich wusste genau, wo er war, als segelte ich mit seinen Schwingen, als würde ich mit seinen Augen sehen …

Als er dann zurückgekehrt war, nach über einer Stunde, hat mein Vater zu mir gesagt, ich hätte während der ganzen Zeit eher wie ein Greifvogel am Himmel als wie ein Mensch auf der Erde ausgesehen … In der Stimme meines Vaters schwang Neid mit. Ich konnte mit den Adlern fliegen! Das ist ein Gefühl, das man nicht erklären kann. Nur wenige haben diese Gabe. Und du gehörst dazu, Galshan. Ryham hatte dieses Glück nicht. Als er so alt war wie du und ich ihn zu den Adlern mitgenommen habe, sah er darin nur eine Form der Jagd, nichts weiter …«

Baytar trank einen Schluck heißen Tee.

»Aber bei uns«, fuhr er fort, »waren Adler schon immer Männersache. Frauen haben nicht mal das Recht, sie zu berühren … ich bin wahrscheinlich der Letzte, der weiß, wie man sie zähmt, und Herr Khar wird mein letzter Adler sein.«

Er sah Galshan kurz an. Dann öffnete er die Tür ein Stück und trat hinaus. Draußen peitschte der Wind so schneidend wie eine Klinge. Baytar blieb einen Moment in der eisigen Kälte, um seine Zigarette zu Ende zu rauchen.

Kapitel 13

Bis zu den Ohren dick eingepackt, ritt Galshan neben Baytar her. Der Raureif gefror auf ihren Pelzmützen und lange Eiszapfen hingen unter den Bäuchen der Pferde. Immer wieder blickte der alte Mann in den Himmel, der bis zum Horizont weiß und leer war.

Erst nach mehreren Stunden hielten sie an. Die Hunde jaulten vor Kälte und Galshan spürte weder ihr Gesicht noch Beine oder Hände ... Baytar schabte mit dem Messer etwas von dem harten Schnee ab, den er auf einem winzigen Petroleumkocher schmelzen ließ, um damit Tee zu kochen. Unter den Füßen spürten sie einen im Eis gefangenen Gebirgsbach. Durch die glasklare gefrorene Schicht konnten sie sehen, wie das schnell fließende Wasser tote Zweige mit ins Tal nahm.

Eine Schale heißer Tee, ein Stück Hartkäse und schon brachen die beiden Reiter wieder auf. Der Frost brannte sich in Galshans Haut wie Funken, jede Bewegung schmerzte. Sie war den Tränen nahe, doch Baytar hatte sie gewarnt:

»Wenn du weinst, frieren deine Wimpern an den Augen fest.« Das war alles, was er sagte. Sie wusste weder, was sie vorhatten, noch, wohin sie unterwegs waren, und auch nicht, was diese in Schaffell gewickelte Dose beinhaltete, die er auf dem Rücken seines Pferdes mit sich führte.

Sein Schweigen hielt bis zum Abend an. Galshan war völlig entkräftet, der Frost biss sich durch ihre Kleidung wie ein tollwütiges Tier. Baytar entzündete mit Saxaulzweigen ein Feuer, in das er fünf oder sechs dicke runde Steine warf, und errichtete im Schutz eines Felsens in wenigen Minuten ein winziges Zelt. Zwischen den Schaffellen ließ er auf dem Boden eine kreisförmige freie Fläche, auf die er die glühend heißen Steine legte. Nach kurzer Zeit erwärmte sich das Zelt und Galshan musste ihren Deel, den mit Lammfell gefütterten Mantel, ausziehen, bevor sie todmüde, in eine dicke Filzdecke gewickelt, einschlief.

Als sie am nächsten Morgen aufbrachen, war die Kälte schneidend wie Glas. Galshan fragte sich, ob Baytar nicht den Verstand verloren hatte, sich bei diesem Wetter so weit von Tsagüng zu entfernen. Die halb erfrorenen Hunde schüttelten sich und gähnten vor Hunger. Mit gesenktem Kopf setzten die Pferde in einer Wüste aus Eis und Felsen einen Schritt vor den anderen. In weniger als einer Stunde war die Kälte durch das Leder der Stiefel und der Handschuhe gekrochen und der Schmerz war wieder da. Noch unerträglicher als am Vortag. Nicht weinen. Auf keinen Fall weinen!

Plötzlich zeigte der alte Mann gen Himmel. Dort oben segelte ein Adler; es war nicht Khar.

»Er hat Hunger«, sagte er leise. »Bei diesem Frost kommt seine übliche Beute nicht mehr raus. Der hat mindestens drei Tage kein Tier mehr in den Fängen gehabt! Aber ich habe, was er braucht ...«

Unendlich vorsichtig öffnete er die Dose auf seinem Sattel ein Stück weit.

»Schau her ... Da ist die Mahlzeit für unseren Herrn Adler!« Eine Taube! Von dem Tageslicht geblendet blinzelte der Vogel in der Sonne.

»Halt sie so, Galshan, mit den Flügeln fest am Körper.«

Baytars Stimme bebte vor Erregung. Aus seinem Beutel zog er eine kleine lederne Kappe, die er dem Vogel über den Kopf stülpte, damit er nichts sehen konnte. Dann knotete er eine lange Lederleine um seinen Fuß, in die er mehrere Schlingen machte. Aus den Augenwinkeln versicherte er sich, dass der Adler noch da war, und setzte die Taube dann auf eine freie Fläche.

»Wir warten hier«, ordnete er an und rollte die

Leine bis zu einem großen Felsblock ab. »Nicht bewegen!«

Über ihnen segelte der Adler und beschrieb weite Kreise am Himmel. Behutsam zog Baytar an der Fessel, worauf die Taube das Gleichgewicht verlor und mit den Flügeln zu schlagen begann. Auf der Stelle vergaß Galshan die Kälte und den Schmerz und sah nur noch den Adler, seinen Hunger und die verführerische Beute … Man merkte ihm jedoch nichts an, fast reglos verharrte er am Himmel.

Baytar zog stärker, die Taube, die nichts sehen konnte, versuchte loszufliegen, stürzte jedoch schwerfällig zu Boden. Dann änderte sich etwas im Flug des Greifvogels. Er wurde langsamer, seine Kreise wurden kleiner: Er hatte den Köder entdeckt. Noch zögerte er, ohne Zweifel hatte er Galshan und Baytar ebenfalls gesehen …

Plötzlich sauste der Adler mit offenen Fängen in einem schwindelerregenden Sturzflug herunter. Im letzten Moment öffnete er seine Flügel, um abzubremsen und der Taube einen Hieb zu versetzen, dann schoss er mehrere Meter senkrecht wieder nach oben, bevor er sich mit einem Schrei erneut auf seine Beute warf.

Baytar hielt die Leine fest in der Hand und bewegte sich nicht. Vor ihm saß der Adler, eine

Klaue auf der Beute, und blickte um sich. Aufmerksam musterte er seine Umgebung, als wollte er sichergehen, dass er nichts zu befürchten hatte. Es dauerte mehrere Minuten, bis er sich über die Taube hermachte. Er riss ihr einige Federn aus, bevor er mit dem Schnabel direkt ins noch pulsierende Herz des Vogels stieß.

Baytar legte Galshans Hand auf die Leine, die unter ihren Fingern leicht zitterte. Der Adler stand mit einem Fuß in einer Schlinge, ohne es zu bemerken, da er zu sehr mit seiner Mahlzeit beschäftigt war. Baytar ließ ihn erst etwas Fleisch verschlingen, bevor er sich mit kleinen Schritten auf ihn zubewegte. Der Adler hielt inne, blickte ihn an, doch die Anziehungskraft der Beute war stärker und er stieß seinen Schnabel erneut in den Bauch der Taube.

Baytar näherte sich weiter. Der Greifvogel setzte seine Mahlzeit seelenruhig fort. Schließlich war es lediglich ein kleiner, ungeschickter Mensch, der ihn stören wollte. Nur noch wenige Schritte … Der alte Mann war jetzt so nah, dass der Adler ihn nicht mehr übergehen konnte. Die Leine spannte sich und die Schlinge um seinen Fuß zog sich unmerklich zu. Der Adler schien sich nun doch unwohl zu fühlen und richtete sich auf, ein blutiges Stück Fleisch im Schnabel. Als er losfliegen wollte, sprang Baytar vor, drückte ihm die Flügel an den Körper und griff mit der freien Hand nach seinen Fängen. Der Greifvogel stieß einen schrillen Schrei aus. Mit weit geöffnetem Schnabel war er zum Angriff bereit.

»Galshan«, keuchte Baytar, »schnell! Die Lederkappe! Stülpe sie ihm vorsichtig über ... So ... ja ... genau so ...«

Der Adler, der jetzt nichts mehr sehen konnte, schloss langsam den Schnabel und Galshans Hand berührte sein Gefieder, sie atmete seinen Geruch ein.

»Das ist dein Adler, Galshan. Er wird von jetzt an mit dir fliegen ...«

Sie zitterte am ganzen Körper, Tränen traten ihr in die Augen.

»Auf keinen Fall weinen!«, erinnerte sie Baytar. »Deine Wimpern! ... Wie wirst du ihn nennen?«

Sie wollte lächeln, doch ihre Lippen waren durch die Kälte gelähmt. Mit Mühe formte sie die Worte:

»Kudaj – Himmel. Herr Kudaj.«

Kapitel 14

Vierunddreißigster Tag.

Seit seiner Gefangennahme vor zwei Tagen hatte der Adler kein Tageslicht mehr gesehen. Er blieb angebunden und sein Kopf steckte noch immer unter der Kappe. Bei dem kleinsten Geräusch begann er zu zittern und musste das Bellen der Hunde, das Blöken der Schafe und Galshans Stimme ertragen. Wie Baytar seiner Enkelin geraten hatte, ging sie fast jede Stunde zu ihm. »Nur du wirst mit ihm sprechen. Er darf nur dich kennen.«

Mit ruhiger Hand nahm sie ihm die Kappe ab. Sie hatte bis zur Dämmerung gewartet, damit er nicht geblendet wurde. Doch angesichts des Schnees blinzelte der Vogel trotzdem in dem grauen Licht. Er plusterte sein Gefieder auf, bis er doppelt so groß wirkte wie zuvor. Dann breitete er seine Flügel aus, um sich in die Luft zu schwingen, doch die kurze Leine, an der er festgebunden war, ließ ihn seine Bewegung nicht zu Ende führen.

Galshan hatte einen toten Sperling in der Hand.

Baytar hatte ihr gezeigt, wie man die kleinen Vögel mit Leim in die Falle lockt.

»Er hat Hunger«, hatte Baytar am Morgen gesagt, »wenn er dir heute aus der Hand frisst, hast du gewonnen. Wenn nicht, müssen wir ihn wieder freilassen.«

Freilassen ... Galshan wollte nicht einmal darüber nachdenken! »Friss, Herr Kudaj«, flehte sie ihn leise mit ausgestrecktem Arm an.

Als würde er ihre Stimme wiedererkennen, neigte der Greifvogel den Kopf. Einen Moment lang verharrte er reglos, die Augen auf den Horizont gerichtet, als wäre ihm gleichgültig, was um ihn herum geschah. Baytar gab Galshan von Weitem ein Zeichen, den Sperling ein wenig hin- und herzubewegen. Unmerklich wackelte sie in ihrem Handschuh mit den Fingern, worauf der kleine Kopf von links nach rechts rollte. Sofort hatte sie Kudajs Aufmerksamkeit erregt und er reckte den Hals, um besser sehen zu können. Die Beute, die sie ihm hinhielt, musste sehr verlockend für ihn sein, doch noch schwankte der Adler zwischen Hunger und Furcht. Sein Instinkt hieß ihn misstrauisch sein. In jeder unbekannten Situation konnte eine Falle lauern ...

Langsam hob er eine Klaue, bis sie über dem Sperling schwebte. Galshan hielt die Luft an. Die

Klaue senkte sich und umschloss den Vogel vorsichtig. Es dauerte eine Ewigkeit, bis sie zudrückte und der Adler seiner Beute mit einem raschen Schnabelhieb die Wirbel brach. Ein winziger Tropfen Blut gefror in der Kälte.

Stumm vor Glück rührte sich Galshan nicht vom Fleck. Der Adler setzte sich auf ihren Arm, er war nicht so schwer, wie sie erwartet hatte. Er verschlang ein Stückchen Fleisch nach dem anderen und pickte in ihrer Hand, um nichts zurückzulassen. Sie spürte die Kraft seines Schnabels durch das Leder hindurch. Kurz blickte sie in Richtung Baytar, doch er war bereits verschwunden. »Er darf nur dich kennen …«

Sie stülpte Kudaj die Kappe wieder über den Kopf und blieb bei ihm, bis es vollkommen dunkel war. Unterdessen erzählte sie ihm von Daala und dem Baby und von Ryham und seinem Lastwagen, von Aïbora …

»Und bald wirst du fliegen … wie zuvor. Das verspreche ich dir, Herr Kudaj.«

Der Adler bewegte sich nicht, war ruhig, seine Flügel hingen entspannt herab, als wüsste er, dass er nichts zu befürchten hatte.

Als sie in die Jurte zurückkehrte, saß Baytar unter der Petroleumlampe. Ein Buch von Daala lag geöffnet auf seinen Knien und er murmelte mit zusammengekniffenen Augen vor sich hin, während er einen Finger an den Buchstaben entlangführte.

»Attas! Ich dachte, du könntest nicht lesen!«

Baytar verzog das Gesicht und nickte.

»Ja … Ich hatte gehofft, es würde vielleicht reichen, ein Buch zu öffnen, und all die kleinen Zeichen würden mir ihre Geschichten dann schon erzählen, aber es funktioniert nicht … Die Worte wollen nicht aus deinem Buch herauskommen.«

»Zuerst musst du lesen lernen!«

»Aber das hier zum Beispiel, worum geht es darin?«

»Das weiß ich noch nicht … Das ist ein Buch, das Mama sehr mag. Es heißt *Der alte Mann und das Meer.*«

»Der alte Mann und das Meer«, wiederholte Baytar nachdenklich. »Soll das heißen, wenn ich dieses Buch lese, kann ich mir vorstellen, wie das Meer aussieht?«

»Vielleicht … Aber die Worte erzählen nie ganz die Wahrheit.«

»Ich habe dich vorhin beobachtet, das hast du gut gemacht mit Herrn Kudaj. Du hast es genauso gemacht, wie ich es dir gezeigt habe. Wenn du mir zeigen würdest, wie das mit den Worten funktioniert, würde ich vielleicht auch lesen lernen …«

Kapitel 15

Galshan und Baytar ließen ihre Pferde am Ende des Tals ausruhen. Die Tiere suchten mit den Nüstern auf dem Boden die Erde ab, in der Hoffnung, die unter dem Schnee verborgene Quelle zu finden, doch sie mussten sich mit vereinzelten Gräsern zufriedengeben und selbst die waren mit einer Eisschicht überzogen.

Von nun an begleitete Kudaj Galshan auf dem Pferd. Eine schwierige Gleichgewichtsübung für einen Adler. Die ersten Male hatte er bei jeder Bewegung Eisengraus verzweifelt mit den Flügeln geschlagen, während er sich am Knauf des Sattels festkrallte. Doch nach einigen Tagen hatte er sich an den Rhythmus des Pferdes gewöhnt. Er wusste bald, wie man sich am besten dort oben hielt, und es gelang ihm, die Erschütterungen auszugleichen.

»Herr Kudaj lernt schnell«, bemerkte Baytar. »Morgen kannst du ihn fliegen lassen. Wir müssten …«

»Hör doch!«, unterbrach ihn Galshan.

Ein Motorengeräusch übertönte das Pfeifen des Windes. Baytar und Galshan lauschten. Das Dröhnen kam näher.

»Der Ural!«, rief sie. »Das ist der Ural, das ist Papa!«

Sie trieb Eisengrau an und er begann zu traben. Kudaj geriet daraufhin aus dem Gleichgewicht und breitete sofort die Flügel aus. Einen Moment lang versuchte er sich aufzurichten, bevor er erneut nach vorn kippte. Sein Hals war gestreckt, die Schwanzfedern gespreizt.

»Vorsichtig, Galshan«, brüllte Baytar sie an, »du bringst ihn ganz durcheinander!«

Sie hörte ihn kaum, doch instinktiv legte sie die Hand auf das Gefieder des Adlers, um ihn zu beruhigen. Verschreckt schlug er mit den Flügeln und es fiel ihm schwer, wieder Halt zu finden. In der Ferne kündigte eine Rauchwolke den Lastwagen auf der vereisten Straße an.

Galshan kam fast zur selben Zeit wie der Ural bei der Jurte an. Kudaj klammerte sich nervös und mit gesträubten Federn am Knauf des Sattels fest. Von der Kühlerhaube des Lastwagens liefen schwarze Rinnsale hinab, die Windschutzscheibe war unter einer dicken Dreckschicht verschwunden. Es sah aus, als habe der Lastwagen eine lange Fahrt durch Kälte und Schnee hinter sich. Galshan wollte gerade die Arme heben, um zu winken, aber nichts geschah. Kein Hupen und kein Aufblenden der Scheinwerfer ...!

Der Ural bremste, die riesigen Ketten an den Reifen drückten sich in den Schnee, doch Ryham würdigte seine Tochter kaum eines Blickes. Er sprang aus dem Wagen und half einem Beifahrer beim Aussteigen. Der Mann klopfte sich mechanisch den Staub aus dem Parka und richtete den Knoten seiner Krawatte, die sich unter mehreren Pulloverschichten verbarg. Hylbang Dshjuguwaa!

Baytar beobachtete, wie sein Sohn mit großen Schritten auf sie zukam, während der Inspektor der Schulbehörde sich mit einem leichten Lächeln auf den Lippen verbeugte.

»Baytar«, begann Ryham, »ich komme gerade von der Schule. Offensichtlich hat Galshan sie noch kein einziges Mal betreten, seit sie hier ist. Kannst du mir das bitte erklären ...?«

Der Alte drehte sich seelenruhig eine Zigarette, die er anschließend anzündete, indem er eine Hand schützend um die Flamme hielt. Er stieß eine Rauchwolke aus, wobei all seine Falten in Bewegung gerieten.

»Guten Tag, Ryham.« Und er erkundigte sich nach dem Weg mit der bei den Nomaden üblichen Ausdrucksweise: »Hattest du einen guten Ritt?«

»Warum ist Galshan hier bei dir«, beharrte Ryham, »anstatt in der Schule zu sein?«

»Seit ihrer Geburt habe ich deine Tochter nicht mehr als drei- oder viermal gesehen. Stimmt's?«

»Das hat damit nichts zu tun!«

»Lass mich ausreden! Seit ihrer Geburt musste Galshan mehr Tage in die Schule gehen, als ich Schafe auf der Weide habe. Sie kann lesen, rechnet besser als ich und wir haben nur fünf Monate zusammen. Lass sie uns, Ryham … Lass uns diese Tage! Später ist es zu spät. Ich werde nie wieder die Gelegenheit haben, ihr das wenige beizubringen, was ein alter Schäfer wie ich weiß.«

»Natürlich«, erwiderte Ryham und fühlte sich sichtlich unbehaglich, »aber das kannst du ihr auch abends zeigen oder an den Tagen, an denen keine Schule ist …«

Baytar schüttelte den Kopf und zeigte auf den Adler, der immer noch auf Eisengraus Sattel saß.

»Herr Kudaj wartet nicht bis zum Abend oder auf Tage, an denen keine Schule ist, um zu fliegen.«

Mit weit aufgerissenen Augen näherte sich Ryham Kudaj. Er hatte ihn zuvor noch gar nicht bemerkt. Als er die Hand nach ihm ausstreckte, hielt Galshan ihn zurück. »Nur wer den Vogel abrichtet, darf ihn berühren.«

»Ein Adler! ... Du bringst Galshan bei, wie man einen Adler zähmt!«

»Ja, sie hat ein Händchen dafür. Sie und Kudaj sind bereits ein eingeschworenes Paar! Es ist erst zehn Tage her, dass wir ihn gefangen haben, und morgen wird sie ihn zum ersten Mal fliegen lassen ... Wenn du ein wenig bei uns bleibst, wirst du sehen, was deine Tochter mit dem Herrn Adler alles machen kann.«

Hylbang Dshjuguwaa trat fassungslos näher.

»Aber Baytar, wir sind doch nicht mehr im Mittelalter! Wir setzen alles daran, dieses Land zu modernisieren, wir tun alles, damit junge Menschen in Galshans Alter später Ingenieure, Ärzte oder Informatiker werden können. Wir werden bald einen Computer in der Schule haben und du ... du zeigst ihr, wie man einen Adler abrichtet! Verstehst du denn nicht, dass diese veralteten Zöpfe ihr nichts bringen? Sie verliert wertvolle Zeit mit diesen Dummheiten! Jetzt, jetzt ist das richtige Alter zum Lernen! Sag's ihm, Ryham! Sag's ihm, um Himmels willen. Er ist dein Vater, sie ist deine Tochter ...«

Ryham schwieg und Galshan schob ihre Hand in seine.

»Ich bringe dich zurück, bevor es dunkel wird, Hylbang«, sagte er schließlich.

»Aber … lässt du sie so weitermachen? Unternimmst du denn nichts?«, fragte der Inspektor mit heiserer Stimme.

»Doch, ich fahre dich nach Hause.«

»Das werde ich den Behörden melden, Ryham! Ich warne dich. Adler oder nicht, es gibt ein Gesetz und das besagt, dass die Kinder in diesem Land zur Schule gehen müssen! Wenn ein verrückter Alter wie dein Vater sich nicht darum schert, mag das ja noch angehen, aber du!«

Ryham packte ihn am Arm und zerrte ihn zum Ural.

»Sag noch einmal verrückter Alter zu meinem Vater und du gehst zu Fuß nach Hause! Ich habe mir sagen lassen, dass es bei dieser Kälte nicht lange dauern wird, bis die Wölfe sich wieder in dieser Gegend blicken lassen … Und sie sind ausgehungert!«

Als Ryham zurückkehrte, war Wind aufgekommen. Er musste lächeln, als ihm die Wärme in der Jurte entgegenschlug. Seit seiner Kindheit hatte sich nichts verändert. Nur seine Mutter fehlte. Sie war einige Winter zuvor gestorben und ruhte jetzt in einem Hügelgrab aus flachen Steinen am Fuß der Berge. Bei jedem Windstoß loderten die Flammen im Ofen auf und ließen die Schatten tanzen.

Baytar reichte Galshan einen kleinen Gegenstand, den Ryham im Halbdunkel zunächst schlecht erkennen konnte … Er rieb sich die Augen. Ein Buch! Es war ein Buch!

»Kannst du mir die Geschichte von dem alten Mann weiter vorlesen?«

Ryham konnte es nicht fassen. Dass sein Vater mit der Tradition brach und Galshan zeigte, wie man Adler abrichtete, war schon kaum zu glauben, aber dass er sie auch noch darum bat, ihm eine Geschichte vorzulesen! Sie setzte sich unter die Petroleumlampe und begann:

»Nachdem sie aus der Hafeneinfahrt heraus waren, verteilten sie sich, und jeder steuerte auf das Stück Meer zu, wo er Fische zu finden hoffte …«

Niemand von ihnen hatte das Meer je gesehen und die Worte klangen seltsam fremd. Baytar hatte sich in eine Ecke zurückgezogen und schloss die Augen. Er schläft ein, dachte Ryham.

»In dem Augenblick«, fuhr Galshan fort, *»sah er einen Fregattvogel mit langen, schwarzen Flügeln vor sich am Himmel kreisen …«*

Der alte Mann sprang auf.

»Das hört sich fast an wie ein Adler! Die haben da auch so was wie Adler …!«

Ein Fregattvogel … Wie der wohl aussah?

Galshan hörte an der Stelle auf zu lesen, wo der

Alte glaubt, einen dicken Fisch an der Angel zu haben. Nun blieb es jedem selbst überlassen, von diesem fernen Teil der Erde zu träumen, in dem es mehr Wasser als Land zu geben schien.

Ryham warf einen Saxaulzweig in den Ofen und sah seinen Vater von der Seite an.

»Warum hast du mir nie gezeigt, wie man Adler zähmt?«

Als Antwort bekam er ein langes Schnarchen. Baytar war eingeschlafen.

›Sturer Bock! Der tut nur so‹, dachte Ryham bei sich.

Kapitel 16

Die Sonne hinter dem Guruv Uul wirkte genauso vereist wie der Schnee.

Aus der Ferne beobachteten Baytar und Ryham schweigend den Adler, der auf Galshans Unterarm saß. Behutsam zog sie ihm die Kappe ab und brachte ihn mit einer kurzen Handbewegung dazu, sich auf einem Felsen niederzulassen. Dann befestigte sie einen toten, aber noch warmen Sperling an einer Leine.

Schwungvoll ließ sie den Köder über ihrem Kopf kreisen und ließ ihn dann los. Angespannt verfolgte Kudaj jede ihrer Bewegungen. Kaum war der Sperling im Schnee gelandet, plusterte sich Kudaj auf und schwang sich, ohne zu zögern, empor. Hinter ihm rollte sich die Lederleine schnell ab, die noch immer an seinem Bein befestigt war. Mit wenigen Flügelschlägen hatte er den kleinen Vogel erreicht und stürzte sich so gierig auf ihn, als handelte es sich um eine lebende Beute.

Ein wilder Glanz war in seinem Blick, als er

den Kopf hob und sich aus den Augenwinkeln umsah. Galshan hockte sich nieder, um ihm beim Fressen zuzusehen. Er verschlang seine Beute gierig und strich sich danach mit dem Schnabel das Gefieder glatt. Sie blieb reglos sitzen, bis er sich fertig geputzt hatte. Dann streckte sie den Arm aus, während sie ein Stück Leber deutlich sichtbar zwischen den Fingern bewegte, und pfiff einmal kurz. Kudaj stieß ein beherztes »Hiik!« aus, schwang sich in die Luft, kehrte mit ausgebreiteten Flügeln zurück und setzte sich elegant auf ihren Handschuh. Mit den Krallen rieb er sich den Schnabel, bevor er ihr das Fleischstück aus den Fingern riss.

Kudaj war zum ersten Mal seit seiner Gefangennahme geflogen.

Galshan warf ihrem Vater einen kurzen Blick zu und lächelte dabei. Ryham war auf eine seltsame Art stolz auf seine Tochter. Neben ihm drehte sich Baytar eine Zigarette, als wäre nichts gewesen.

Vor ihnen ging Galshan mit Herrn Kudaj auf dem Unterarm und sprach leise auf ihn ein.

Kapitel 17

Von nun an flog Herr Kudaj jeden Tag ein Stück weiter und kehrte jedes Mal zuverlässig zurück, wenn er den Köder in Galshans Hand sah. Sobald sie die kleine leblose Beute kreisen ließ, stürzte sich der Adler mit einem Schwung darauf und hatte sie geschnappt, noch bevor sie den Boden berührte. Erstaunlich schnell hatte er sich an immer längere Leinen gewöhnt, doch in letzter Zeit störten sie ihn und mehr als einmal war er ihretwegen aus dem Gleichgewicht geraten.

»Morgen gibst du ihn frei«, verkündete Baytar eines Abends, als er das Feuer schürte.

»Ihn freigeben ...!« Galshan umschloss den kleinen Stein aus Istanbul in ihrer Hand und das Herz schlug ihr bis zum Hals. Kudaj freizugeben bedeutete, dass er nicht mehr angebunden sein würde. Der Adler würde frei sein, frei, fortzufliegen, frei, sein Leben in der Wildnis wieder aufzunehmen ...

Baytar machte es sich neben dem Ofen bequem, um die Fortsetzung von *Der alte Mann und das Meer* zu hören.

»… versuch dein Glück wie jeder Mann, wie jeder Vogel oder Fisch.« Galshan las nicht lange. Sie waren beide nicht bei der Sache. Im Schimmer der Glut strich sie den neunundfünfzigsten Tag in ihrem Heft aus und murmelte Daalas Namen. Draußen war es vollkommen finster und klirrend kalt.

In jener Nacht fuhr Galshan mehrfach hoch, schweißgebadet trotz der niedrigen Temperaturen. Der gleiche Albtraum quälte sie immer wieder. Sie löste Herrn Kudajs Leine, worauf er sofort auf und davon flog. Sie sah ihm nach, wie er am Himmel, der weiß vor Kälte war, immer kleiner wurde, bis nur noch ein winziger, fast unsichtbarer Punkt übrig blieb. Dann war er für immer verschwunden und im selben Moment wurde Daalas Bauch im fernen Ikhoiturüü plötzlich ganz flach. So flach, als wäre niemals ein Baby darin gewachsen.

Der Tag brach an, als die Stille Galshan aus ihrem unruhigen Schlaf riss. Baytar war fort, doch ans Fußende ihres Strohlagers hatte er unübersehbar den Köder für Kudaj gelegt.

Sobald Galshan bei dem Adler war und ihm die Kappe vom Kopf gezogen hatte, reckte er sich, plusterte sein Gefieder auf und stieß ein voll klingendes »Hiik« aus, als spürte er bereits, dass dieser Tag nicht wie die anderen werden würde.

Galshan strich ihm leicht über die Federn und löste mit zitternden Händen die ledernen Fesseln, mit denen er an der Stange festgebunden war. Herr Kudaj war frei.

Mit Tränen in den Augen entfernte sie sich rückwärts. Der Adler blieb einen Moment reglos sitzen, bevor er sich dann unvermittelt emporschwang. Er rauschte durch die eisige Luft und bereits nach wenigen Flügelschlägen schwebte er höher, als er je seit seiner Gefangennahme geflogen war. Er segelte über Galshan hinweg und flog dann, mit dem Schnabel der fahlen Wintersonne zugewandt, geradewegs in Richtung Guruv Uul davon.

Galshan sah dem Adler nach, wie er am Himmel, der weiß vor Kälte war, immer kleiner wurde, bis nur noch ein winziger, fast unsichtbarer Punkt übrig blieb. Dann war er verschwunden.

Sie brach in Tränen aus.

»Kudaj«, schluchzte sie, »Kudaj!«

Ihre Stimme hallte im Tal wider. *»Daj … daj … daj …«*

Der Adler blieb verschwunden.

Sie pfiff und schwang den Köder, den Baytar vorbereitet hatte, wild über ihrem Kopf. Er landete auf der gefrorenen Erde. Der Himmel blieb leer. Galshan ließ sich auf die Knie fallen und kauerte sich auf den vor Kälte steinharten Boden. Kudaj hatte die Freiheit gewählt!

Doch plötzlich vibrierte die Luft über ihr. Mit ausgebreiteten Schwingen landete der Adler elegant neben dem Köder, der auf der Erde lag, und machte sich mit demselben Appetit darüber her wie an den Tagen zuvor. Auf ihren Wangen gefroren die Tränen zu Eis und Galshan biss sich auf die Lippen, um nicht vor Freude laut zu schreien. Sie ließ ihn in Ruhe seine Beute aufessen, bevor sie ihm ein Stück Herz anbot. Mit einem Sprung landete Kudaj auf ihrem Handschuh und schnappte sich den Leckerbissen.

Unterdessen zog hoch oben Herr Khar weite Kreise über Tsagüng, als wollte er Kudaj grüßen.

In den darauffolgenden Tagen flog Kudaj immer wieder frei, sofern das Wetter günstig war. Er schwang sich mit kräftigen Flügelschlägen empor und ließ sich dann von aufsteigenden Luftströmen tragen, bis er so hoch und so weit entfernt war, dass Galshan ihn nicht mehr sehen konnte. Doch inzwischen hatte er ihr volles Vertrauen. Mit halb geschlossenen Augen nahm sie an dem Freudentaumel seines Fluges teil, erschauderte beim eisigen Kontakt mit der Luft, sie segelte mit ihm über

Berge und Täler, ließ sich jedes Mal bis nach Ikhoiturüü tragen …

Dann pfiff sie nach ihm und beobachtete, wie er sich mit einem freudigen »Hiik!« auf den Köder stürzte, während Baytar ihnen dabei zusah.

Kudaj war bereit, für die Jagd abgerichtet zu werden.

Kapitel 18

Einundsiebzigster Tag.

Hylbang Dshjuguwaa hatte sehr früh aus der Stadt losfahren müssen, um vor Tagesanbruch in Tsagüng zu sein. Die langen Windböen, die durch das Tal fegten, waren zunehmend mit winzigen, nadelspitzen Schneeflocken durchsetzt und der Schulinspektor bebte vor Kälte. Mit zitternden Händen schaltete er sein Motorrad aus und verbeugte sich schweigend vor Baytar, seine Lippen waren steif gefroren.

Der alte Mann schob ihm eine Schale starken Tee zwischen die Fäustlinge und wartete wortlos darauf, dass der Funktionär auftaute. Kälteschauer liefen durch Hylbangs Körper und mit dem Kopf über dem dampfenden Getränk drängte er sich so dicht wie möglich an den Ofen, damit die Wärme langsam wieder Leben in ihm erweckte.

Schließlich zog er mit schmerzverzerrtem Gesicht einen seiner Fäustlinge aus und setzte eine offizielle Miene auf, um Baytar einen versiegelten Umschlag zu überreichen.

»Was ist das?«, fragte der Alte und nahm ihn mit spitzen Fingern an.

»Eine Mahnung.«

»Ich habe keine Ahnung, was das bedeutet.«

»Du brauchst sie nur zu lesen.«

»Ich kann nicht lesen!«

»Frag deine Enkelin.«

»An wen ist der Brief geschrieben?«

»An dich.«

»Dann ist es nicht ihre Aufgabe, ihn zu lesen.«

»Soll ich es machen?«, erwiderte Hylbang und seufzte wütend. Baytar zuckte mit den Schultern, als ginge ihn die ganze Sache nichts an. Ungeschickt erbrach der Inspektor das Siegel und zog ein Blatt mit mehreren Stempeln und Unterschriften aus dem Umschlag.

Vom diensthabenden Hauptkommissar des
5. Bezirks an Baytar Baatar.

Auf Ansuchen von Hylbang Dshjuguwaa, Schulinspektor des 5. Bezirks, und unter Berufung auf Artikel 5, 6 und 7 der Bildungsrichtlinien wird Baytar Baatar, Schäfer, aufgefordert, dafür zu sorgen, dass seine Enkelin, Galshan Baatar, ab heute die dritte Klasse der weiterführenden Schule des oben genannten Bezirks besucht.

Bei Nichtbeachtung dieser Mahnung sehe ich mich verpflichtet, Ordnungsmaßnahmen einzuleiten, um sicherzustellen, dass der Aufforderung Folge geleistet wird.

Baytar zog seinen Tabaksbeutel aus der Tasche und drehte sich eine Zigarette.

»Zieh dich warm an, Galshan«, rief Hylbang, »ich nehme dich jetzt mit in die Schule. Heute Abend bist du wieder bei deinem Großvater.«

»Ist das Dokument amtlich?«, wollte Baytar wissen.

»Amtlicher geht es nicht«, erwiderte der Inspektor und drückte dem alten Mann das Papier in die Hand. »Sieh dir die vielen Stempel an. Könnte ich vielleicht noch ein wenig Tee haben?«

»Nimm, so viel du willst. Reisende sollen sich hier wie zu Hause fühlen.«

Nach einer Weile fügte Baytar hinzu: »Ich sehe keinen einzigen amtlichen Stempel.«

Der verantwortliche Inspektor des 5. Schulbezirks drehte sich um. Im Ofen löste sich die Mahnung gerade in einer hohen orangeroten Flamme auf.

»Was du da gerade getan hast, war töricht«, zischte Hylbang zwischen den Zähnen. »Morgen früh kommen die Herren vom Hauptkommissariat und holen deine Enkelin ab. Wenn du glaubst, du könntest das verhindern, indem du die Mahnung einfach verbrennst, hast du dich getäuscht.«

»Hast du heute Morgen auf den Schnee geachtet, Hylbang?«

»Ich verstehe deine Frage nicht.«

»Dabei ist sie doch ganz einfach. Hast du dir den Schnee angesehen, der seit heute Morgen fällt?«

»Nein, nicht wirklich. Warum?«

»Hast du nicht bemerkt, wie fein die Flocken sind, so stechend wie winzige Saxaulzweige …«

»Ja und?«

»Das ist ein eindeutiges Zeichen. In einigen Stunden wird ein grauenvoller Schneesturm von Norden über uns hereinbrechen. Es wird noch viel kälter als heute, kälter, als du es jemals erlebt hast! Weder du noch ich noch dein Hauptkommissar werden bei so einem Wetter auf die Straße wollen.«

Hylbang brach in schallendes Gelächter aus.

»Du lebst tatsächlich in einem anderen Jahrhundert! Ich habe gestern Abend den Wetterbericht gehört und sie haben nichts dergleichen vorhergesagt. Und glaube mir, die haben weitaus bessere Methoden als du!«

Baytar kniff die Augen zusammen.

»Vielleicht … Vielleicht haben deine Wetterexperten aber auch nicht bemerkt, dass sich die Murmeltiere und Mäuse dieses Jahr schon sehr zeitig verkrochen haben. Vielleicht haben sie auch die Flocken der letzten Schneefälle nicht genau angesehen … Ich habe das von den Alten gelernt, Hylbang. Glaub mir …«

Kapitel 19

Wie jeden Abend hörte Baytar zu, wie Galshan ihm aus *Der alte Mann und das Meer* vorlas.

»*Nach Osten zu bewölkte sich der Himmel, und ein Stern nach dem andern, den er kannte, verschwand … der Wind hatte sich gelegt.*

›*In drei oder vier Tagen gibt es schlechtes Wetter*‹, *sagte er.* ›*Aber nicht heute Nacht und nicht morgen …*‹«

Baytar schüttelte den Kopf und trank einen Schluck Tee.

»Dein Buch irrt, das schlechte Wetter kommt heute Nacht.«

»Aber Attas, das ist doch nur eine Geschichte …«

»Geschichte hin oder her, ich sage dir, dein Buch irrt sich!«

Und er ging hinaus, um zu prüfen, ob die Jurte fest im Boden verankert war.

Mitten in der Nacht nahm der Wind plötzlich zu und innerhalb von wenigen Minuten brach ein fürchterliches Unwetter über Tsagüng herein. Die

Welt schien unter dem immer brutaleren, eisigeren Sturm zu zerbersten. Eis- und Schneekristalle prasselten auf die Jurte. Galshan und Baytar fuhren von ihren Lagern hoch.

Draußen wütete und heulte der Sturm wie eine Meute. Mit angelegten Ohren und mit dem Rücken zum Wind suchten die Hunde Schutz. Innerhalb kürzester Zeit waren sie mit Schnee bedeckt. Dann peitschte eine noch gewaltigere Böe gegen die Jurte. Die Holzgitter der Wände knarrten und drohten zu zerbrechen.

»Der Davkhar Djout«, murmelte Baytar mit zusammengebissenen Zähnen. »Es wird uns schlecht ergehen …«

Davkhar Djout, der Weiße Tod!

Obwohl das Feuer im Ofen gut brannte, war die Temperatur in der Jurte stark gesunken. Eine Hundekälte drang durch die winzigsten Ritzen ein. Baytar stand mehrfach auf, um die Risse in den Wänden mit dicken Wollknäueln zu stopfen. Doch es war zwecklos. Zudem legte sich unaufhaltsam eine durchsichtige Eisschicht auf den Filz, so hart und glatt wie Glas. Gegen Ende der Nacht, nachdem er das Feuer im Ofen neu angeheizt hatte, trat Baytar an Galshans Lager und sah sie lange an, während draußen der Sturm tobte. Sie schlief nicht und spürte, wie seine rauen Finger ihr behutsam eine Haarsträhne aus dem Gesicht strichen. Baytars erste liebevolle Geste seit ihrer Ankunft. Er deckte sie gut zu und brummte einige Worte, die der Sturm übertönte.

Der Tag brach an, ohne dass Galshan es bemerkte, da der Himmel in dem weißen Treiben verschwunden war. Baytar schob den letzten Saxaulzweig in den Ofen. Innerhalb weniger Stunden hatten sie die Holzvorräte in der Jurte aufgebraucht für nichts als einen Hauch von Wärme.

Draußen nahm der Sturm noch zu, es schien immer schlimmer zu werden.

»Ich komme wieder«, brummte Baytar, »geh auf keinen Fall raus!«

Er öffnete die Tür einen Spaltbreit. Ein gewaltiger Windstoß fuhr in die Jurte und wehte Eis und Schnee herein. Die jaulenden Hunde nutzten die Gelegenheit hereinzuschlüpfen und Galshan zog sich die Decken bis über die Ohren.

Es dauerte ewig, bis der alte Mann zurückkehrte. Schnee und Eis hafteten wie eine weiße Maske auf seinem Gesicht und ließen nur einen schmalen Schlitz für die Augen frei. Mit schmerzverzerrter Miene löste er seine Finger von dem Sack, den er in der Hand hatte, kniete sich vor den Ofen und legte Holz nach. Sofort stieg beißender

Rauch auf, den der Sturm in Schüben durcheinanderwirbelte.

Das Getöse wurde noch stärker. Der Djout holte tief im Tal Schwung und entwickelte ein ohrenbetäubendes Dröhnen, rau wie Tierschreie. Dann prallte er mit voller Wucht auf Tsagüng. Galshan kreischte vor Angst und drückte den schwarzen Stein aus Istanbul, so fest sie nur konnte. Der Wind zerrte so stark an der Jurte, dass der Filz zum Zerreißen gespannt war und die Verankerungen sich im nächsten Moment aus dem Boden zu lösen drohten, als flöge die Jurte gleich davon. Mehrere Stangen des Holzgitters brachen mit einem trockenen Knacken wie Strohhalme.

Baytar legte Galshan den Arm um die Schultern. Sie drückte sich an den alten Mann und sie blieben, wie betäubt von diesem Ausbruch der Gewalt, schweigend sitzen.

Der Holzvorrat war schnell aufgebraucht, doch inzwischen war es nicht mehr möglich, hinauszugehen und gegen die entfesselte Kraft des Sturmes anzukämpfen.

Sie warteten und warteten. Die Angst schnürte ihnen die Kehle zu. Die Zeit schien stillzustehen.

Die Jurte bebte an allen Ecken und Enden, als würde sie jeden Moment zusammenbrechen. Galshan spürte ihren Körper nicht mehr, die Kälte machte sie immer schläfriger. Bilder zogen an ihrem geistigen Auge vorbei, sanft und weich wie Träume: Daalas Lächeln, Ryhams Lastwagen, die staubigen Straßen von Ikhoiturüü, wo ihre Freundin Aïbora unterwegs war. Sie sah Herrn Kudaj endlos seine Kreise an einem Himmel ziehen, der so hoch war, so eisig und so weiß … weiß wie die lähmende Starre, die sich langsam in ihren Körper fraß. Ihre Gliedmaßen waren tonnenschwer. Alles war so ruhig … So fühlt es sich vielleicht an, wenn man stirbt, dachte sie. Und dieser Gedanke hatte nichts Beunruhigendes an sich. Es war eher wie ein großes Loslassen. Der Davkhar Djout … der Weiße Tod …

»Sag meiner Mutter Bescheid, Herr Kudaj«, murmelte sie, »sag ihr, dass sie mich holen soll, sag ihr … es ist zu kalt hier.« Das Baby hatte es warm! Wohlbehütet im Inneren von Daalas Bauch … Plötzlich fiel ihr Kopf gegen Baytars Schulter, schlaff wie der eines toten Vogels.

Sofort schüttelte sie der alte Mann. Er ohrfeigte sie mit ganzer Kraft, bis sie vor Schmerzen schrie.

»Nicht einschlafen, Galshan! Auf gar keinen Fall einschlafen!« Mit einem Beil machte er sich an dem niedrigen Tisch und dem kleinen Holzregal, in dem der Käse trocknete, zu schaffen und warf die Stücke, die er abhieb, in den Schlund des

Ofens. Die Flammen schlugen hoch, immer wieder von den Windstößen gezügelt. Er setzte Galshan so dicht vor das Gusseisen, dass sie es fast berührte, und rieb ihre Haut, bis sie rot wurde und schmerzte, als wäre sie verbrannt. Galshan begann zu weinen, doch er machte ohne Unterlass weiter – keuchend und mit zitternden Lippen.

Drei Tage lang tobte der Djout unaufhörlich. Eisig, hartnäckig, grausam.

Als der Wind schließlich nachließ, hatte Baytar alles verbrannt, was ihm in die Finger gekommen war, einschließlich des Strohs seines Nachtlagers. Die Säcke mit Roggenmehl waren durch die Kraft des Sturms aufgerissen worden, ihr Inhalt lag überall in der Jurte verstreut. Galshan wagte sich zum ersten Mal wieder nach draußen. Sofort verwandelte sich der Atem vor ihrem Gesicht in Millionen unsichtbare Eiskristalle, die vor ihren Lippen schwebten. Die Kälte raubte ihr den Atem wie ein Schlag in den Magen.

In der Ferne entdeckte sie ein Dutzend Pferde, die sich eng aneinanderdrängten, um einander ein wenig zu wärmen. Sie glaubte Eisengrau unter ihnen zu erkennen.

Die Pferde waren das einzig Lebendige, das sie sah. Ansonsten war das Tal vollkommen leer. Der

Boden, die Felsen, die Welt … alles war unter einer dicken, stahlharten Eiskruste verschwunden. Von den Schafen, dem Himmel und der Erde war nichts zu sehen, weder im Osten noch im Westen.

Nichts als gleißendes Weiß … nichts als der Weiße Tod …

Kapitel 20

Kudajs Unterschlupf war nur noch ein Trümmerhaufen aus Felsbrocken und Eis.

Das Gefieder des Adlers war zerzaust und er hatte sich mit dem Kopf unter dem Flügel in einer Ecke verkrochen.

»Kudaj«, murmelte Galshan, »Kudaj …«

Der Vogel regte sich nicht. Lediglich an dem kaum wahrnehmbaren Auf und Ab des Gefieders am Bauch erkannte sie, dass er noch am Leben war. Galshan nahm ihn auf den Arm und legte schützend ihren Deel um ihn, ohne dass sich Kudaj bewegte. Er war viel leichter als zuvor. Sie hatte einen Kloß im Hals, als sie ihn zur Jurte trug. Die Kälte schnitt ihr in die Haut und fraß sich in ihre Lunge. Sie durfte nicht weinen.

Die kläglichen Reste feuchten Holzes, die Baytar aufgetrieben hatte, glühten im Ofen. Er betrachtete Herrn Kudaj, berührte ihn aber nicht. Der Adler hatte inzwischen den Kopf gehoben, konnte ihn jedoch nur mit Mühe aufrecht halten, sein glasiger Blick hatte jeden Glanz verloren.

»Glaubst du, dass er durchkommt?«, fragte Galshan zitternd, doch Baytar entfernte sich wortlos.

Sie versuchte nun gar nicht mehr ihre Tränen zurückzuhalten. Sie musste Kudaj retten. Wenn er überlebte, würde auch Daalas Baby leben. Da war sie sich sicher.

Das Mädchen legte gefrorenes Fleisch in dünnen Streifen neben das Feuer, um es aufzutauen.

Mit äußerster Kraft nahm Baytars Pferd die letzten Meter und blieb dann stehen. Allein die Schwere der ihn umgebenden Stille sagte dem alten Schäfer, dass der Weiße Tod zugeschlagen hatte.

Er kniete sich auf den gefrorenen Boden und legte Herrn Khar mit dem Schnabel nach Osten vor sich nieder. Dann bedeckte er den toten Körper des Greifvogels mit flachen Steinen, bis ein kleines Hügelgrab entstanden war, und machte sich schwerfällig auf die Suche nach seiner Herde.

Um ihn herum war alles kahl und leer. Hier oben hatte der Schneesturm noch stärker gewütet als im Tal. Hoch oben kreisten die Aasgeier am milchigen Himmel. Baytar beobachtete sie aus den Augenwinkeln, während er es seinem Pferd überließ, sich einen Weg auf dem vereisten Pfad zu suchen. Ihre Anwesenheit verriet, dass der Weiße

Tod ihnen zuvorgekommen war. Als er die Hochebene erreichte, sah er, so weit das Auge reichte, überall die Kadaver toter Tiere. Sie zeichneten sich als kleine Erhebungen auf dem Schnee ab und waren bereits wieder mit einer weißen Schicht bedeckt. Die Geier machten sich schon an ihnen zu schaffen. Noch nie hatte er sich so niedergeschlagen gefühlt. Etwas brach in ihm zusammen. Plötzlich lastete sein Alter zentnerschwer auf ihm.

Normalerweise drängten sich die Schafe bei starkem Frost dicht aneinander und die Wärme, die sich dabei entwickelte, schützte sie besser als jeder Unterstand. Doch der Sturm der letzten drei Tage hatte sie in Panik versetzt und sie waren in alle Richtungen gelaufen. Machtlos angesichts der Kraft des Windes hatten sie die Orientierung verloren. Den vereinzelten Tieren, die sich abseits von den anderen wiederfanden, war das zum Verhängnis geworden. Unerbittlich war die Kälte in ihre Muskeln und Adern gedrungen, hatte ihr Gehirn erfasst … Und der Davkhar Djout, der Weiße Tod, war erbarmungslos. Er hatte die Herde vernichtet.

Zu Baytars Füßen kläfften Huda und Huva, deren Pfoten durch dicke Lederüberzüge vor der Kälte geschützt waren.

»Yeaah! Ihr beiden, lauft!«

Seine Stimme zitterte. Während sich die Hunde auf die Suche nach überlebenden Schafen machten, näherte er sich den Geiern. Früher hätte er sie wutentbrannt davongejagt, indem er Steine nach ihnen geworfen hätte, doch jetzt ließ er sie gewähren. Die toten Tiere waren ohnehin nutzlos, selbst ihr Fell war nicht mehr zu gebrauchen, wenn es einmal gefroren war. Einer der Aasfresser landete direkt neben Baytar, als spürte er, dass er nichts zu befürchten hatte. Er musterte den Menschen nur kurz und nahm sich dann die Überreste eines Schafs vor, dem er mit dem Schnabel immer wieder in den Bauch hackte.

Die Hunde brauchten nur wenige Minuten, um alle überlebenden Tiere zusammenzutreiben. Es waren weniger als hundert, schätzte Baytar. Der Weiße Tod hatte so stark gewütet, dass er zwei Drittel seiner Herde vernichtet hatte! Einige Schafe hatten blutige Pfoten, da sie auf der Suche nach ein wenig Futter versucht hatten das Eis aufzukratzen. Behutsam behandelte Baytar ihre Wunden eine nach der anderen mit einer Mischung aus Fett und Ruß und hackte dann das Eis an einer Stelle auf, damit die Tiere an das dürre, spärliche Gras auf dem Boden gelangen konnten.

Als er seine Arbeit keuchend beendet hatte, brannte seine Lunge und ihm war schwindelig. Er lehnte sich an eine Felswand und schloss die Augen. Hinter sich hörte er das Tappen der Schafe, die sich gierig auf die karge Nahrung stürzten.

Das wütende Bellen seiner Hunde ließ ihn aus seiner Starre emporfahren. Sein Gesicht und seine Gliedmaßen spürte er bereits nicht mehr. Ein Geier hatte sich ganz dicht neben ihm niedergelassen und wartete schon ungeduldig mit halb geöffnetem Schnabel auf sein Festessen …

Baytar lächelte gequält, als er sich mühselig aufrichtete.

»Du hast es ein wenig zu eilig, alter Geier. Noch ist es nicht so weit …«

Kapitel 21

Eines der Schafe war von Sturm und Hunger so geschwächt, dass es sich kaum noch auf den Beinen halten konnte. Baytar legte es vorsichtig über sein Pferd, er wusste, dass es sterben würde, bevor sie in Tsagüng ankämen, doch kein Schäfer der Welt hätte eines seiner Tiere im Stich gelassen … Nach einigen Minuten zuckte das Schaf einmal leicht und sein Kopf schlug gegen den Sattel. Baytar hielt sich die Hand vor die müden Augen.

Seit dem Schneesturm war die Kälte unerträglich. Entkräftend für Menschen und für die Tiere tödlich. Jeden Tag starben ein oder zwei von den Jungtieren und den trächtigen Weibchen … Und diejenigen, die sich noch gut hielten, würden zu schwach sein, um Lämmer auf die Welt zu bringen, wenn es wieder wärmer war. Die Herde bestand nur noch aus sechsundsiebzig Schafen.

Herr Kudaj schien der Einzige zu sein, für den die Situation auch Vorteile hatte. Er wurde mit den besten Innereien der toten Tiere gefüttert, die Baytar Tag für Tag von der Hochebene mitbrachte, und war so innerhalb weniger Tage wieder zu Kräften gekommen.

»Er ist eben ein Herrscher, als Herr zieht man seinen Nutzen aus der Schwäche anderer«, sagte Baytar, während er beobachtete, wie der Adler Galshan aus der Hand fraß.

Am Tag zuvor hatte Galshan in ihrem Heft den dreiundachtzigsten Tag ausgestrichen, doch sie war sich nicht mehr sicher. Vielleicht war es auch der zweiundachtzigste Tag oder der vierundachtzigste. Während des Sturms hatte sie den Überblick über die Zeit verloren.

Trotz der schneidenden Kälte kreiste Kudaj über dem Tal. Mit vollkommen reglosen Flügeln kam er in den Genuss der schwachen Strahlen einer blassen Sonne, die Mensch und Tier am Boden kaum erreichten.

Genau unter ihm saß ein Schneehuhn direkt an einem Felsen und versuchte ein wenig von der kläglichen Wärme zu speichern, die von dem Stein ausging. Seit dem Vormittag hatte es sich nicht gerührt, doch nach und nach wurden die Schatten länger. Als die Sonne weitergewandert war, bewegte sich das Huhn auf der Suche nach einem neuen Platz für sein Sonnenbad einige Meter weiter.

Ein Fehler …

Es hatte kaum Zeit, die Silhouette des Adlers wahrzunehmen, als sich der Greifvogel auch schon auf es stürzte. Das Huhn stieß ein angsterfülltes Glucksen hervor und versuchte in einem verzweifelten Reflex zu entkommen. Das Kreischen der beiden Vögel hallte an den Felswänden wider. Federn stoben auf. Ein Schrei in Todesangst. Mit gebrochenem Flügel versuchte das Schneehuhn in dem Geröll zu entkommen, während Kudaj wie ein Pfeil in die Luft hinaufschoss. Dann stürzte er erneut herab auf seine Beute und brach ihr mit einem Schnabelhieb die Halswirbel.

Galshan näherte sich lautlos, während Herr Kudaj genüsslich ein Stück aus dem noch warmen Schlund des Vogels herausriss. Baytar sagte auch, dass man als Herr geboren wurde, um grausam zu sein.

Kapitel 22

Im Nebel zerschmolz die Schafherde zu einer gleichförmigen Masse. Doch Baytar merkte sofort, dass abermals Tiere fehlten. Irgendetwas stimmte nicht. Seit der Djout über die Region hinweggefegt war, hatten sie sich zu keiner Zeit von dem Bereich entfernt, wo er an einigen Stellen das Eis aufgehackt hatte, und scharrten dort auf der Suche nach dem kleinsten Halm fieberhaft in der Erde.

»Yeaah! Los, ihr beiden! Yeaah!«

Huda und Huva stoben davon. Ihre Silhouetten verschwammen und das Geräusch ihrer Pfoten auf der gefrorenen Erde wurde rasch leiser, erstickt von dem erneut fallenden Schnee. Plötzlich war ein lang gezogenes Heulen zu hören. Eine Mischung aus Wut und Angst. Eisengrau sprang so plötzlich zur Seite, dass Galshan fast hinuntergefallen wäre. Sie zitterte vor Furcht und Kälte. Noch nie hatte sie die Hunde auf diese Art heulen gehört. Nach und nach wurden sie leiser, nur um kurz darauf heftiger damit fortzufahren. Vom Echo verzerrt war es unmöglich herauszufinden, woher das Heulen kam.

»Hast du das gehört?«

Doch Baytar galoppierte bereits in Richtung der Felsen. Galshan folgte ihm, so gut es ging, doch der verängstigte Eisengrau schlug ohne Unterlass aus und wollte nicht weiter. Als es ihr gelang, ihn zu beruhigen, war Baytar bereits im Nebel verschwunden.

»Attas! Attas!«

Die Hunde heulten noch immer. Sie schauderte und trieb ihr Pferd weiter in Richtung der Felsen. Das Heulen war jetzt einem schrillen Kläffen gewichen. Es schien aus allen Winkeln der Ebene gleichzeitig zu kommen und wurde von dem immer heftigeren Schneetreiben gedämpft.

»Attas!«

Eisengrau strauchelte. Die Hunde verstummten. Galshan hörte nichts als das Knirschen des Schnees unter den Hufen. Der Schnee um sie herum fiel in immer dichteren Flocken, bis sie sich wie in einen Kokon eingesponnen fühlte. Sie biss sich auf die Lippen, um nicht zu heulen, und horchte auf das kleinste Geräusch. Die Flocken fielen lautlos auf die Eisschicht. Die weiße Nebelwand umschloss sie mehr und mehr.

Plötzlich brach die Angst aus ihr heraus wie ein

Sturm. Sie rang nach Atem, ihre Muskeln verkrampften sich. Sie musste umkehren! Die Tiere wiederfinden und Baytar …

Eisengrau drehte von selbst um, wobei seine Hufe auf dem Schnee ausrutschten. War sie wirklich von dort gekommen? Alles sah gleich aus.

»Attas!«, rief sie abermals.

Der Nebel erstickte ihr Rufen. Es schneite jetzt große Flocken und die Stille wurde lediglich von dem schweren Schnaufen ihres Pferdes unterbrochen. Sie klammerte sich an seinem Hals fest.

»Such ihn, Eisengrau! Such ihn! Ich bitte dich!«

Das Pferd zögerte, machte noch einige Schritte und blieb dann schnaubend stehen, die Ohren vor Angst angelegt. Einige Meter vor ihnen hob sich etwas Gräuliches deutlich von den Felsen ab. Galshan stieg vom Pferd und näherte sich langsam. Sie zitterte am ganzen Körper. Durch die Kälte hindurch drang plötzlich ein Geruch in ihre Nase. Es roch nach Fleisch und Blut.

Das Schaf war bis zur Unkenntlichkeit entstellt. Die Gedärme hingen ihm aus dem zerfetzten und zerfleischten Leib. Nach und nach deckte der Schnee den Kadaver zu.

Galshan war wie gelähmt vor Entsetzen, unfähig, zu schreien oder fortzulaufen. Als sie sich umdrehte, sah sie gerade noch, wie Eisengrau, der durch den Geruch des Blutes in Panik geraten war, lautlos in den Nebel floh. Sie versuchte ihn einzuholen, ließ sich dann aber entmutigt in den Schnee fallen. Die Kälte machte sie schläfrig, der Nebel hüllte sie mit seinem eisigen Mantel ein. In ihrem Fäustling hielt sie krampfhaft den kleinen Stein aus Istanbul fest.

Dann verschwand alles.

Kapitel 23

Galshan öffnete langsam die Augen. Sie befand sich in der Jurte. Der beißende Geruch eines mit getrocknetem Dung entfachten Feuers hatte sie geweckt, die Brennholzvorräte waren seit Langem aufgebraucht. Von draußen war das Schlagen einer Axt zu hören.

Einen Moment lang blieb sie still liegen und versuchte sich zu erinnern: der Schnee, der Nebel, dann das Heulen der Hunde …

Plötzlich sah sie das Bild des zerfetzten Schafes wieder vor sich. Sie unterdrückte einen Schrei.

Galshan stand auf und trat in die Kälte hinaus. Nicht weit von der Jurte entfernt entdeckte sie Baytar, dessen Silhouette durch lange Nebelschwaden verwischt war. Sie ging auf ihn zu.

»Es hat nicht viel gefehlt und du wärest jetzt tot«, sagte er, ohne sich umzudrehen.

»Tot?«

»Ja. Ohne die Hunde hätte ich dich niemals wiedergefunden. Bei dem Nebel darf man sich auf keinen Fall wegbewegen. Man muss bleiben, wo man ist, und darauf warten, dass er sich lichtet, auch wenn es drei Tage dauert. Das hätte dein Vater dir beibringen müssen!«

Mit kurzen, präzisen Axthieben bearbeitete Baytar einen Saxaulzweig. Als das Holz dünn wie eine Lamelle war, hielt er es an seinen Mund und blies darauf. Der tiefe, raue Ton überraschte Galshan. Er erinnerte ein wenig an das Schreien eines Tieres.

»Attas ... was ist mit dem Schaf geschehen?«

Baytar schmirgelte das Holz an einem Stein ab.

»Wölfe! Der Djout treibt sie zu den Herden. Sie haben mir sieben Tiere getötet! Für heute Nacht habe ich die Hunde dort oben gelassen. Morgen bauen wir den Wolfstein auf.«

»Den Wolfstein?«

Baytar strich mit der Handfläche über das glatte Holz und blies erneut darauf. Das Holz gab einen tiefen Klagelaut von sich. Er streckte die Nase witternd in die eisige Luft.

»Wenn es morgen klares Wetter gibt, wird der Wind heulen wie ein Wolf.«

Kapitel 24

Siebenundachtzigster Tag.

Der Morgenhimmel war hell und klar wie Wasser, der Nordwind hatte den Nebel weggeblasen. Unter dem Dach der Jurte hatten sich Eiszapfen gebildet und der Atem gefror auf den Lippen. Als Galshan und Baytar die Hochebene erreichten, waren ihre Gliedmaßen steif vor Kälte. Der alte Mann pfiff nach seinen Hunden und wartete. Als Huva und Huda sich nicht zeigten, trieb Baytar sein Pferd an und pfiff lauter.

Sobald er sich der Herde genähert hatte, entdeckte er sie. Zwei Schafe mit offenem Bauch lagen vor ihm, die aussahen, als hätte man ihnen sämtliche Innereien herausgerissen. Und ein wenig weiter badete Huva mit zerbissener Kehle in einem See aus gefrorenem Blut. Huda versuchte sich zu Baytar zu schleppen. Eine tiefe Wunde klaffte auf seiner Brust.

Wortlos beendete der alte Mann das Leiden des Hundes, indem er mit dem Messer zielgenau im Nacken zustach, während Galshan plötzlich übel wurde und sie sich, mit dem Kopf an einem vereisten Felsen abgestützt, übergab.

Baytar legte die toten Tiere an den Fuß einer Felswand und machte sich daran, sie mit Steinen zu bedecken. Galshan half ihm, so gut sie konnte, ohne dabei die riesigen Wunden der Hunde und Schafe anzusehen. Die Steine waren schwer und oftmals festgefroren. Immer wieder mussten sie innehalten, um nach Luft zu schnappen und sich den Schweiß abzuwischen, der ihnen trotz der Kälte in die Augen rann. Nachdem die Tiere bedeckt waren, setzte sich Baytar etwas abseits nieder. Keuchend schloss er die Augen, legte seine Hand auf die Brust und blieb einen Moment reglos sitzen, als schliefe er. Galshan traute sich nicht, etwas zu sagen.

Plötzlich schüttelte er sich und erhob sich mit schmerzverzerrter Miene.

»Man darf sich nicht ausruhen«, stieß er mit Mühe hervor. Seine Lippen waren blau vor Kälte. »Meine Großmutter ist auf diese Weise während des Großen Djout ums Leben gekommen. Ich war damals kaum älter als du jetzt. Sie trug ein geschwächtes Schaf auf den Schultern ins Tal und musste rasten, um zu verschnaufen. Später hat man beide tot aufgefunden, sie und das Schaf. Sie saß mit dem Rücken an eine Felswand gelehnt und von Weitem hätte man glauben können, sie wäre gerade am Aufstehen. Unser Land ist ein Land der Aufrechten.« Dann begutachtete er einige Steine ausführlicher, indem er sie von einer Seite auf die andere drehte und mit der Hand darüberstrich. Die meisten warf er wieder fort. Schließlich wählte er zwei leicht gewölbte mit einer besonders glatten Oberfläche aus und stellte sie auf ein altes Hügelgrab. Er schob die Saxaullamelle dazwischen, die er am Tag zuvor geschnitzt hatte, und richtete sie genau nach dem Wind aus. Galshan sah ihm dabei zu, ohne zu verstehen, was er tat.

Die Lamelle vibrierte leicht und gab dabei einen klagenden Ton von sich.

»Wozu soll das gut sein?«

Sorgfältig verkeilte Baytar die Steine und wartete dann mit halb geschlossenen Augen. Selbst seine Brauen waren vereist. Eine starke Windböe fegte über die Hochebene hinweg und sofort begann der Stein zu heulen. Galshan zuckte zusammen. Es war ein kräftiges, tiefes Heulen, beunruhigend wie von einer alten Wölfin, die ihr Rudel anführte.

»Der Wind heult wie die Wölfe«, murmelte Baytar. »Wenn er stark genug bläst, werden sie hierhergelockt. Dann muss man nur noch zuschlagen …«

Sie kehrten zu spät ins Tal zurück, um Herrn Kudaj noch fliegen zu lassen. Galshan brachte ihm einen kleinen Sperling, den sie mithilfe von Leim gefangen hatte. Die kleinen Vögel wurden immer seltener, die Kälte hatte sie nach Süden getrieben und der Adler war weit davon entfernt, sich jeden Tag satt zu essen. Dennoch verschmähte er die allzu leichte Beute und begnügte sich damit, sein Gefieder gegen die Kälte aufzuplustern. Er ging inzwischen lieber selbst auf die Jagd.

Es wurde Nacht über Tsagüng, sie war ebenso stürmisch wie die vorhergehenden. Baytar saß im Halbdunkel und reinigte und fettete die einzige Waffe, die er besaß: einen alten chinesischen Karabiner, der Schmugglern gehört hatte. Das flackernde Licht der Petroleumlampe war gerade hell genug, dass Galshan lesen konnte. Mit der Waffe in den Händen lauschte Baytar der Geschichte des alten kubanischen Fischers.

»... und dann wölbte sich die Oberfläche des Ozeans vor dem Boot, und der Fisch kam heraus. Er kam heraus, ohne Ende, und das Wasser strömte ihm von den Seiten. Er leuchtete in der Sonne ...«

Ein starker Windstoß fegte durchs Tal und ein Heulen drang durch die Dunkelheit. Baytar sprang auf.

»Der Stein heult«, murmelte er, »die Wölfe kommen!«

Er hatte gerade seinen Deel angezogen, als Galshan rief: »Ich komme mit dir!«

Der alte Mann schüttelte den Kopf.

»Das kommt nicht infrage. Die Wölfe haben meine Schafe getötet, deshalb muss ich mit ihnen fertig werden. Allein. Ich werde vor dem Morgengrauen zurück sein.«

Er verschwand in der Dunkelheit. Oben auf der Hochebene heulte der Stein. Wie ein Tier.

Kapitel 25

Der Frost, der an diesem Morgen herrschte, war noch ungeheuerlicher als zuvor. Ein sehr blauer Himmel, blank wie Marmor, stand über den Bergen. Galshan setzte sich auf ihrem Nachtlager auf und blickte sich um. Der Ofen war erloschen, das Wasser im Kessel gefroren und selbst auf den Decken hatte sich Raureif gebildet. Sie war allein.

»Ich werde vor dem Morgengrauen zurück sein …«

Sie stand auf und streckte ihren Kopf aus der Jurte in die Richtung, aus der Baytar kommen müsste, doch von dem alten Mann war nichts zu sehen. Sie versuchte, sich zu beruhigen. Bestimmt hatte er die Schafe auf dem Rückweg noch versorgt. Er würde sicher gleich kommen, nachdem er die Eisschicht aufgehackt und die verletzten Hufe behandelt hatte. Vielleicht häutete er auch gerade die Wölfe …

Zunächst musste sie das Feuer wieder in Gang bringen, wenn sie hier überleben wollte. Seit der Schnee die Saxaulsträucher unter sich begraben hatte und die letzten Holzreste aufgebraucht waren, gab es nur noch schwer brennbaren feuchten Dung. Schließlich aber flackerten einige klägliche Flämmchen im grauen Qualm auf. Bevor sie hinausging, legte Galshan noch Dung zum Trocknen auf das Ofenblech. Sie zog ihren Deel bis über die Ohren. Draußen glitzerte der Schnee im gleißenden Licht. Sie hielt die Hand zum Schutz über die Augen und ließ ihren Blick über die dunkle Linie am Rand des Abhangs streifen, unter der sich der Weg verbarg. Alles war wie ausgestorben, nichts regte sich. Galshan atmete die eisige Luft ein. Die Unruhe, die an ihr nagte, seit sie aufgewacht war, bohrte sich wie ein großer Holzsplitter immer tiefer in sie hinein. »Hiik! Hiik!«

Herr Kudajs Schrei ließ sie hochfahren. Er machte zu Recht auf sich aufmerksam. Dieser strahlende, eisige Morgen war ideal zum Fliegen. Nachdem sie ihn losgebunden hatte, blieb der Greifvogel noch einen Moment lang auf ihrer Faust sitzen, bevor er sich in die Lüfte erhob und gen Westen in Richtung der Hochebene davonsegelte. Seit Tagen war es in Tsagüng nicht mehr so ruhig gewesen, fast windstill. Kudaj brauchte nur wenige Minuten, bis er einen Luftstrom gefunden hatte, der ihn emportrug. Ohne einen Flügelschlag gemacht zu haben, segelte er plötzlich hoch über dem Tal. Galshan sah zu ihm hinauf. Von dort oben müsste er Baytar sehen können.

»Flieg, Kudaj«, ermunterte sie ihn sanft, »zeig mir, wo Attas ist …«

Über dem Kamm des Gebirges schlug der Adler plötzlich einen Haken und schwenkte nach rechts ab. Mit zusammengekniffenen Augen wunderte sich Galshan, warum er so unvermittelt die Richtung änderte. In dem Moment erblickte sie fünf oder sechs große Vögel mit einer gewaltigen Flügelspannbreite, die direkt unter ihm kreisten.

Es lief ihr kalt den Rücken hinunter. Es war nicht schwer zu erkennen, dass es sich um Geier handelte.

Kudaj hatte ihre Bitte erhört, sie wusste nun, wo sie Baytar suchen musste …

Plötzlich zitterte die Erde unter ihren Füßen. Am Fuß des Abhangs galoppierte wild ein Pferd und wirbelte eine Schneewolke auf. Es raste direkt auf Tsagüng zu und wurde von Sekunde zu Sekunde größer. Sie erkannte es sofort.

Baytars Pferd schäumte trotz der Kälte, die Zügel hingen lose herab. Es war allein. Ohne Reiter.

Kapitel 26

Eisengrau schnaufte wie eine Dampflok. Trotz des Risikos, dass er auf dem glatten Eis ausrutschte, hatte Galshan ihn angetrieben wie niemals zuvor auf diesem Weg. Sie fand die Schafe zusammengedrängt in einem abgelegenen Winkel, wo sie geschützter waren als auf der offenen Hochebene. Es waren nur noch ungefähr fünfzig, die vor Hunger und Kälte blökten. Galshan sah sofort, dass Baytar nicht bei ihnen gewesen war: Nirgendwo war die Eisschicht aufgehackt, die sich seit dem großen Schneesturm jede Nacht neu bildete. Mit blutigen Hufen versuchten einige Tiere sie aufzukratzen, doch die meisten waren dazu bereits zu schwach.

»Attas! Baytar!«

Ein paar Schafe blökten, doch niemand sonst antwortete. Ihr Gesicht und ihre Gliedmaßen brannten vor Kälte, doch Galshan ritt im Galopp eine Weide nach der anderen ab. Baytar war nirgends zu sehen. Der Wolfstein stand noch an der Stelle, wo der Alte ihn am Tag zuvor errichtet hatte. Da kein Wind wehte, blieb er stumm.

Das helle Blau des Himmels über den Bergen war leer, so weit das Auge reichte. Die Geier waren nirgends mehr zu sehen, ebenso wenig wie Kudaj.

Eisengrau bewegte sich langsam durch eine Wüste aus Felsbrocken und Schnee. Vor Kälte wie versteinert suchte Galshan den Boden nach dem kleinsten Hinweis auf ihren Großvater ab. Nichts deutete darauf hin, dass er überhaupt hier gewesen war. Doch da Baytar nicht nach Tsagüng zurückgekehrt war, hatte er nur diesen Weg nehmen können. Immer wieder rief sie nach ihm, ihre eigene Stimme klang fremd in der eisigen Luft.

Gegen Mittag ließ die Kälte etwas nach, doch Galshan wusste, dass die Temperatur in spätestens drei Stunden, wenn die Sonne hinter den steilen Felsen verschwinden würde, nicht mehr zu ertragen wäre. Der Frost und die Angst waren wie Bruder und Schwester.

Sie umhüllten das Mädchen wie eine zweite Haut, die sie nicht ablegen konnte. Sie erschwerten jede Bewegung und lähmten ihren Geist …

Die Ebene verengte sich zu einem felsigen

Hohlweg, in den kein Licht drang. Mit angelegten Ohren rutschte Eisengrau auf den spiegelglatten Felsen immer wieder aus, bis er schließlich verweigerte. Galshan stieg ab und führte ihn.

Dann blockierten Eis- und Felsbrocken den Weg, sodass sie das Pferd festbinden und allein weitergehen musste. Niemals zuvor hatte sie sich so weit fortgewagt. Der Schnee und der Wind hatten alle Orientierungspunkte verweht und es wurde immer steiler. Schließlich gelangte sie zu einem Felsvorsprung und sah sich um. Tief in ihrem Inneren zog sich die Angst wie ein dicker Knoten zusammen. Von Baytar keine Spur …

Sie wollte gerade umkehren, als sie auf dem Boden einen kleinen dunklen Gegenstand bemerkte … Sie trat näher. Es war Baytars Tabaksbeutel! Einige Meter weiter hatte eine blutiges Rinnsal das Eis rot gefärbt. In Galshan krampfte sich alles zusammen und sie musste würgen.

»Baytar!«, stieß sie mit belegter Stimme hervor. »Baytar!«

Die Stille lastete unendlich schwer auf ihr. Die Schatten der vereisten Felsen wurden bereits länger. Blutflecken waren auf dem Stein festgefroren. Menschliches Blut? Wolfsblut?

Galshan folgte der Spur. Sie spürte die Kälte nicht mehr, dafür aber einen entsetzlichen

Schmerz in ihrer Brust. Die Angst nahm ihr den Atem. Das Geräusch von flatternden Flügeln hinter einem Felsen ließ sie zusammenfahren.

Der Geier spazierte wie eine dicke Marionette umher. Mit erhobenem Schnabel und großen Schritten näherten sich weitere Vögel einer gegen einen Stein gelehnten Gestalt. Sie konnten kaum erwarten, sich über ihr Fleisch herzumachen. Mit letzter Kraft stieß Baytar sie zurück. Sein linker Arm hing leblos herab und war bis zur Schulter zerfetzt.

Galshan stürzte auf ihn zu.

»Attas! Attas!«

Baytar wandte den Kopf in ihre Richtung. Wild flatternd, dass die Federn nur so stoben, ergriffen die Geier die Flucht. Als Galshan sich niederkniete, fiel der Kopf des alten Mannes auf ihre Schulter.

Kapitel 27

Baytar war schwer wie Blei. Sie hatte den Arm unter seine gesunde Schulter geschoben und trug ihn eher, als dass sie ihn stützte. Mit jeder Sekunde wurde er schwerer und sie musste alle vier bis fünf Schritte anhalten, um zu verschnaufen. Ihr Rücken fühlte sich durch das Gewicht des alten Mannes wie zusammengestaucht an. Baytar war nicht bei vollem Bewusstsein und wimmerte wie ein verwundetes Tier.

Die Sonne sank immer tiefer und es wurde in dem Hohlweg noch eisiger. Galshan spürte nichts mehr, ihr Gesicht war wie erstarrt. Sie musste unbedingt wieder zu Eisengrau gelangen, bevor die Sonne endgültig hinter den Bergen verschwand …

Ihr war schwindelig. Völlig erschöpft lehnte sie Baytar gegen eine Felswand. Er atmete unregelmäßig, fantasierte.

»Die Bestie«, stieß er panisch hervor. »Die Bestie! Sie kommt wieder …«

Sein Kopf bewegte sich von einer Seite zur anderen, als wollte er eine böse Erinnerung abschütteln. Sie versuchte ihn zu beruhigen, doch sein starrer Blick und sein verstörtes Verhalten ließen vermuten, dass er sie nicht wahrnahm.

»Die Bestie … Sie kommt wieder …!«

Galshan atmete in der eisigen Luft einmal tief durch und berührte dann vorsichtig den verletzten Arm des alten Mannes. Er hatte seine Handschuhe verloren und seine Haut war blau gefroren. Die Wunde war an den Rändern so glatt, als wäre das dicke Leder seines Deels mit einer Klinge aufgeschlitzt worden. Oben teilte sich der Schnitt in vier parallele Furchen, die in einer abscheulichen, breiigen Masse aus Fleisch und Blut ausliefen.

›Als wenn eine Pranke zugepackt hätte …‹, dachte Galshan zunächst.

Dann schoss ihr durch den Kopf: ›Aber Wölfe haben keine Pranken! Sie beißen!‹

Wenn Baytar demnach nicht von einem Wolf angegriffen worden war, von was dann? Wer war diese Bestie, die ihn in seinen Fieberträumen verfolgte? Galshan blickte ihn an, er hatte die Augen geschlossen und atmete schwer.

Plötzlich erhob sich der Wind und sofort begann der Wolfstein zu heulen. Galshan sprang keuchend auf. Die Angst war wieder da! Sie überrollte sie wie eine Lawine. Mit aller Kraft versuchte sie sich dagegen zu wehren. Das Geröll, das sich vor ihnen auf dem Pfad türmte, war das letzte Hindernis, dahinter wartete Eisengrau. Abermals schob sie ihren Arm unter Baytars Achsel. Er kam ihr schwerer vor denn je. Stöhnend versuchte er einige Schritte zu gehen, doch schon bald lastete sein ganzes Gewicht wieder auf Galshan. Sie schleppte ihn wie eine leblose Masse mit sich und benutzte dabei den chinesischen Karabiner als Stock.

Ein Schritt. Zwei, drei … ›Es ist nicht mehr weit bis zu Eisengrau!‹ Luft holen. ›Direkt hinter den Felsen steht er.‹ Ein Schritt. Zwei … ›Daala …‹ Noch einen. ›Herr Kudaj, hilf mir …‹ Ein unerträgliches Flimmern vor den Augen. ›In Ikhoiturüü geht Aïbora jetzt sicher gerade auf Fotofang.‹ Den Stein erreichen! ›Die Angst!‹ Noch ein Schritt … ›Die Angst …‹

Plötzlich fühlte sie sich beobachtet … Zwei Nadeln, die sich in ihren Nacken bohrten … Eiskalter Schweiß rann ihr den Rücken hinunter. Behutsam lehnte Galshan Baytar gegen einen Stein und drehte sich um.

Die Bestie! Sie saß auf einem Felsen, die Muskeln spannten sich unter ihrem dicken, schwarz gefleckten Fell, das sich kaum von der Farbe des Steins unterschied. Ihr langer, buschiger Schwanz peitschte durch die eisige Luft. Sie gähnte und entblößte dabei ihre furchterregenden Reißzähne, dann näherte sie sich gemessenen Schrittes dem Rand des Felsens. Vollkommen ruhig und konzentriert, zum Sprung bereit …

Die stille Bedrohung aus den gelbgrünen Augen lähmte Galshan. Ein solches Tier hatte sie noch nie gesehen. War es ein Schneeleopard?

»Lauf, Galshan!«, murmelte Baytar hinter ihr, so leise, dass sie es mehr erriet als verstand.

Er machte eine kaum wahrnehmbare Bewegung mit der rechten Hand.

»Lass mich … mit ihr allein …«, stieß er zwischen den Zähnen hervor.

Der Körper der Bestie war nun von den Ohren bis zur Schwanzspitze angespannt und sie stand vollkommen reglos da. Ihre Aufmerksamkeit war auf Baytar gerichtet. Galshan zitterte wie ein Blatt im Wind, den Karabiner hielt sie fest umklammert. Der Karabiner! Das war ihre einzige Chance! Sehr langsam glitt ihre Hand daran entlang. Durch ihren Handschuh spürte sie den Abzug. Dann hob sie die Waffe Zentimeter für Zentimeter. Die Raubkatze vor ihr hatte sich nicht bewegt, doch sie knurrte tief und anhaltend mit halb geschlossenen Augen.

Der Karabiner befand sich inzwischen auf

Schulterhöhe, doch mit dem Fäustling konnte sie den Abzug nicht betätigen, sie musste ihn ausziehen. Das Hinterteil der Bestie begann sich von einer Seite zur anderen zu bewegen, wie bei einer zum Sprung bereiten Katze. Auch das Knurren wurde schärfer. Als Galshans Handschuh leise zu Boden fiel, richtete sich die Bestie halb auf. Ungeschickt und langsam versuchte Galshan den Karabiner anzulegen. Noch nie im Leben hatte sie eine Waffe benutzt. Der Lauf bewegte sich in Richtung des Raubtiers.

»Nicht geladen …«, murmelte Baytar. Dann fiel sein Kopf wieder schwerfällig auf die Brust.

Die Pranken der Bestie umschlossen den Rand des Felsens. Galshan machte die Augen zu …

Plötzlich surrte die Luft. Etwas Dunkles fiel vom Himmel. Überrascht wich das Raubtier fauchend zurück. Im letzten Moment breitete Herr Kudaj die Flügel aus und streifte die Bestie, bevor er wie ein Pfeil wieder in den Himmel hinaufschoss. Als sie mit ihrer Pranke zurückschlug, befand sich Kudaj bereits mehrere Meter über ihnen. Dann stürzte er sich jedoch mit einem schrillen Schrei erneut nach unten und die Bestie flüchtete mit einigen geschmeidigen Sprüngen hinter die Felsen. Sie gab auf.

Dies alles hatte sich innerhalb von wenigen

Sekunden abgespielt. So schnell, dass Galshan den Karabiner noch einen Moment lang ins Leere gerichtet hielt und sich fragte, ob sie vielleicht träumte.

Als sie die Waffe schließlich sinken ließ, war nichts mehr am Himmel zu sehen, er wirkte wie leer gefegt von den langen Windstößen, die den Stein zum Heulen brachten. Baytar war unterdessen ohnmächtig geworden. Von irgendwoher wieherte Eisengrau, er witterte Galshans Nähe.

Kapitel 28

Sie erreichten Tsagüng erst mitten in der Nacht. Baytar atmete kaum, seine Brust und sein Gesicht waren schweißnass, die Augen glasig. Galshan legte ihn auf sein Lager, wischte ihm das Gesicht ab und entzündete mit einer Schaufel getrocknetem Dung ein Feuer im Ofen.

Sie reinigte seine Wunden mit abgekochtem Wasser, wobei sie sich fast übergeben musste, und trug eine Salbe aus Kräutern, Asche und Fett auf, die er für seine Tiere benutzte. Der alte Mann schien nichts davon zu bemerken.

Dann schlief Galshan todmüde ein. Sie war zu erschöpft zum Weinen oder um Daalas Namen auch nur auszusprechen, aber den Stein aus Istanbul hielt sie fest umschlossen in der Hand. Im Traum wurde sie von einem Fauchen heimgesucht, von aufgerissenen Mäulern mit Reißzähnen und gelben Pupillen, die wie Feuer flackerten.

Plötzlich drang ein Heulen durch die Nacht. Zitternd vor Angst fuhr sie hoch. Es war Baytar!

Vom Fieber geschüttelt starrte der alte Mann mit weit aufgerissenen Augen in die Dunkelheit.

»Die Bestie!«, zischte er mit heiserer Stimme. »Die Bestie ist wieder da ...!«

Mit der gesunden Hand schlug er ins Leere. Er zuckte zusammen und bebte am ganzen Körper, dann fiel er reglos zurück auf sein Lager. Fröstelnd trat Galshan neben ihn.

»Attas! Attas!«

Er bewegte sich nicht mehr. Auch die Filzdecke hob und senkte sich nicht über seiner Brust. Mit Tränen in den Augen hielt sie ihm einen kleinen Spiegel vor den Mund. Er beschlug ein wenig, das war das einzige Lebenszeichen des Alten.

Kapitel 29

Wie lange schwebte Baytar bereits zwischen Leben und Tod?

Galshan wusste es nicht. In ihrem Heft war der letzte Tag in Tsagüng, den sie notiert hatte, der siebenundachtzigste. Danach konnte sie nichts mehr sagen. Die Tage und Nächte gingen unmerklich ineinander über, was zählte, waren die entsetzliche Kälte, die nie nachzulassen schien, und Baytars Zustand. Die meiste Zeit befand sich der alte Mann, glühend vor Fieber, im Halbschlaf. Immer wieder fantasierte er. Er richtete sich auf und kämpfte gegen »die Bestie«, als befände sie sich direkt vor ihm. Nur Galshans Stimme vermochte ihn in diesen Momenten zu beruhigen. Sie las ihm dann lange Passagen aus *Der alte Mann und das Meer* vor – langsam und deutlich, und allmählich schien er ruhiger zu werden.

»… der alte Mann machte die Schot los, damit das Boot quer schwang, um den Hai darunter hervorzubringen. Als er den Hai sah, lehnte er sich über Bord und stieß nach

ihm. Er traf nur Fleisch, und die Haut war hart gespannt, und er kriegte kaum das Messer hinein.«

Galshan schloss das Buch. Behutsam tupfte sie ihrem Großvater den Schweiß von der Stirn, nahm seine Hand und sprach ihn leise an.

»Attas, Attas, ich bin's, Galshan.«

Der Alte hatte die Augen halb geschlossen und bewegte sich nicht. Sein rasselnder Atem mischte sich mit dem Pfeifen des Nordwinds, der, wie jeden Abend seit Beginn des Davkhar Djout, aufgekommen war. Sie war sich noch nicht einmal sicher, ob ihr Großvater sie erkannte. Baytars Körper lag zwar vor ihr, doch sein Geist war in eine finstere Welt abgewandert, in der es furchterregende Bestien gab, gegen die er unaufhörlich kämpfte. Eine Welt, in die ihn anscheinend niemand begleiten konnte.

Plötzlich fegte ein so kräftiger Windstoß durch die Jurte, dass die klägliche Flamme des mit Dung entfachten Feuers ausgeblasen wurde wie eine Kerze. Galshan eilte sofort zum Ofen, um die Glut neu zu beleben. Wenn der Ofen ausging, würde die Kälte wie Gift in sie eindringen, sie langsam lähmen und nach und nach jeden einzelnen Muskel und jeden einzelnen Gedanken befallen. Dann würden einige Stunden genügen, um ihr Leben auszulöschen. Genauso, wie es der Wind zuvor mit dem Feuer getan hatte.

Die Flamme flackerte erneut auf, zögerlich und schwach wie ein kleiner Vogel. Galshan zerkleinerte getrockneten Dung und legte ihn sehr vorsichtig darauf, dann pustete sie zaghaft in die Glut, bis sie die Wärme des Feuers auf ihrer Haut spürte. Ihr Atem hatte gerade wiederbelebt, was der mächtige Atem des Windes ausgeblasen hatte.

Sie schmolz Eis, um Tee und einen Roggenbrei zuzubereiten, das einzige Nahrungsmittel, das Baytar schlucken konnte. Doch als sie mit der Hand in den Mehlsack griff, berührten ihre Hände nur den groben Leinenstoff. Er war fast leer, sein Inhalt würde keine drei Tage reichen. Danach gab es nichts mehr … Alle anderen Säcke von Baytars Wintervorrat hatte der Sturm aufgerissen und das Mehl mit sich getragen.

Eine Schüssel dampfenden Brei in der Hand, ging Galshan zu ihrem Großvater, doch der Alte war eingeschlafen. Sie deckte ihn gut zu und blickte ihn an. Mit seinem faltigen Gesicht sah er aus wie ein altes Baby. Wieder stieg Angst in ihr auf und breitete sich in jedem Winkel ihres Körpers aus.

Galshan presste die Lippen aufeinander, um nicht zu weinen. *Das durfte man nicht!*

»Daala, Daala …«

Mehrmals hintereinander sprach sie den Namen ihrer Mutter sanft wie ein Wiegenlied aus.

Im fernen Ikhoiturüü rundete sich ihr Bauch unaufhörlich. Rund wie eine Frucht … rund wie der Mond. Das Baby würde sicher nicht mehr lange warten, bis es seinen warmen, geschützten Ort verließ. Aber wie viele Tage würde es noch dauern? … Galshan kauerte sich neben den Ofen und versuchte, einige Löffel Brei zu sich zu nehmen, doch sie bekam nichts hinunter. Die Angst schnürte ihr die Kehle zu. Sie musste wieder an das Baby denken. Konnte es sein, dass es heute Nacht geboren würde … oder morgen? … War Ryham womöglich bereits auf dem Weg nach Tsagüng … Sie drückte den kleinen Stein aus Istanbul ganz fest und horchte, ob da außer dem Lärm des Windes noch ein weiteres Geräusch war. Wenn sie es sich ganz stark wünschte, würde sie vielleicht den dröhnenden Motor des Ural hören …

Doch es war zwecklos. Der Wind beherrschte das Tal. Die zerrissenen Filzmatten einer verlassenen Jurte knallten wie eine Peitsche und plötzlich durchschnitt ein lang gezogenes Heulen die Dunkelheit. Der Wolfstein!

Galshan war sofort auf den Beinen, ihr Herz schlug so laut, dass es ihr vorkam, als wäre es lauter als das Getöse des Windes und das endlose Heulen. Ein eiskalter Schauer lief ihr über den Rücken. Baytar fuhr ruckartig hoch.

»Die Bestie«, brüllte er, »die Bestie! Sie kommt!« Seine Stimme versagte und klang nun wie das Jaulen eines verwundeten Tieres. Gegen die Filzwand der Jurte gepresst beobachtete er mit vor Schrecken geweiteten Augen, wie Galshan näher kam.

»Nein! Nein!«

Er fuchtelte mit den Armen wild in der Luft, als spürte er seine Verletzungen nicht mehr. Dabei stieß er mit voller Wucht an eine Stange des Holzgitters der Jurte. Er schrie vor Schmerzen auf und verlor das Bewusstsein. Ein großer Blutfleck bildete sich auf dem Verband, den Galshan jeden Tag wechselte. Die Wunde hatte sich wieder geöffnet.

»Attas! Attas!«, schluchzte sie.

Doch dann ließ draußen der Wind nach, genauso plötzlich, wie er aufgekommen war, und das Heulen des Steins endete mit einem langen heiseren Klagen. Die darauf folgende Stille war so bedrückend, dass sich Galshan eine ganze Weile nicht zu bewegen wagte.

In dem Moment nahm sie es wahr … Von draußen drang etwas unendlich leicht, kaum hörbar an ihr Ohr … Wie Schritte auf Eis, wie ein Lebewesen ganz in der Nähe. Nur wenige Meter von ihr entfernt …

Der Schneeleopard war da!

Panisch griff Galshan nach Baytars Hand. Allein das Geräusch ihres eigenen Atems machte sie fast wahnsinnig. Sie spürte die Anwesenheit der Bestie mehr, als dass sie das Tier hörte. Genau neben dem Lager des alten Mannes wackelten die Filzwände. Dahinter war die Bestie. Man hätte die Hand nach ihr ausstrecken können. Sie hatte den Geruch ihres Opfers gewittert, den Geruch nach Blut, das aus seinen Wunden sickerte.

Die Muskeln zum Zerreißen gespannt hockte Galshan mit geschlossenen Augen neben Baytar und wartete. Die Hand des alten Mannes glühte vor Fieber. Das Eis knirschte ein wenig, Schritte entfernten sich ... Dann nichts mehr.

Die Nacht schien zu erstarren. Galshan wagte nicht sich zu bewegen. Die kleine Flamme im Ofen war wieder einmal kurz vor dem Erlöschen. Bald war nicht viel mehr als die leuchtende Glut übrig und die Kälte wurde unerträglich. Galshan wollte gerade aufstehen, als es draußen erneut raschelte. »Die Bestie« war noch nicht weg, sie schlich um die Jurte herum. Auf der Suche nach Beute.

Plötzlich wurden die wenigen noch verbliebenen Pferde unruhig. Ein Schauder durchzuckte die Dunkelheit. Dann ein Fauchen, gefolgt von einem schrillen Wiehern!

In einem Sekundenbruchteil glaubte Galshan den sich wehrenden Eisengrau in den Fängen des Raubtiers vor sich zu sehen. Dann war es wieder still.

Kapitel 30

Der Morgen war kalt und grau. Die dünne Schicht Raureif, die sich von innen auf den Filz der Jurte gelegt hatte, glänzte wie Glas. Galshan lag ganz still und die Kälte bohrte sich wie eine Pfeilspitze in sie hinein. Plötzlich rüttelte es an der Tür. Galshan fuhr hoch, sie zitterte am ganzen Körper. »Nein!«, schluchzte sie mit erstickter Stimme. »Die Bestie« hatte doch nicht etwa so lange gewartet und die ganze Nacht auf der Lauer gelegen, das war unmöglich! Sie brauchte Gewissheit, ließ die Hand ihres Großvaters los, der tief und fest schlief, und zwang sich aufzustehen. Sie taumelte. Ihre steifen Glieder gehorchten ihr nicht mehr. Sie lauschte auf Geräusche von draußen. Sie hatte das Gefühl, eine Ewigkeit reglos dagestanden zu haben, als es wieder am Eingang der Jurte rüttelte, wenn auch nicht so stark wie zuvor. Kurz darauf waren ein kurzes Wiehern und das Klacken von Hufen auf dem Eis zu hören. Sofort war ihre Angst wie weggewischt und sie musste sogar ein wenig lächeln. Es waren nur die Pferde. Sie hatten Hunger.

Sie öffnete die Tür einen Spaltbreit und Eisengrau schob sein Maul herein. Das war seine Art, Nahrung einzufordern. Das dicke Fell des Steppenpferdes war mit einer Eisschicht überzogen und lange Eiszapfen hingen ihm aus den Nüstern. Dennoch konnte Galshan nicht anders, als ihn zu umarmen und einen Moment lang an ihn gedrückt seine Wärme zu genießen. Unter dem Fell spürte sie die Knochen, die unter seiner Haut hervorstachen. Wie alle Tiere, die den großen Sturm bis jetzt überlebt hatten, war er so erschreckend mager, dass er bereits seit mehreren Tagen nicht mehr in der Lage war, Galshan zu tragen.

Liebevoll schob sie ihn zurück, zog ihren Deel bis über die Ohren und machte einige Schritte vor die Tür. Es war eine Hundekälte, beißend wie ein tollwütiges Tier. Ihr blieb die Luft weg und sie krümmte sich, um den Schmerz in der Lunge zu ertragen. Wenige Meter von ihr entfernt, direkt vor der ersten verlassenen Jurte, färbte ein dunkler Fleck das Eis rot. Die anderen Pferde hatten sich dem Mädchen zwar genähert, in der Hoffnung, sie würde ihnen etwas zu fressen geben, doch eine Art unsichtbare Schranke hielt sie von dem Blutfleck fern. Mit angelegten Ohren beobachteten sie, wie sich Galshan zu der rot gefrorenen Erde hinunterbeugte. Sie hob den Kopf. Von den sechs Pferden waren nur noch fünf übrig. Außer dem Blutfleck war nichts von dem fehlenden Pferd zu sehen. »Die Bestie« hatte sich mit ihrer Beute davongemacht.

Die Pferde wagten sich jetzt weiter vor. Sie waren alle beängstigend mager und stießen sie mit dem Kopf an, um von ihr Futter zu erbetteln. Plötzlich schnappte der Rotbraune nach ihrem Deel, kaute auf dem Leder herum und versetzte Galshan einen so kräftigen Stoß in die Rippen, dass sie auf dem Eis ausrutschte. Als sie den Biss durch den Mantel hindurch spürte, stieß sie einen Schrei aus, rappelte sich dann aber auf und schlug ihm mit der Faust auf die Nüstern. Die anderen Pferde standen inzwischen direkt vor ihr und scharrten mit den Hufen auf dem Eis. Das Mädchen hatte die Pferde noch nie so nervös erlebt. Der Rotbraune bäumte sich auf und streifte sie dabei mit dem Huf an der Schulter. Galshan flüchtete zitternd zur Jurte. Die Angst ließ sie nicht mehr los.

Eisengrau wartete noch immer an der Tür. Sie teilte den Rest Roggenmehl in zwei Teile und hielt ihm den Napf hin. Als sich die anderen Tiere mit flatternden Nüstern näherten, verjagte sie sie mit Baytars langer Peitsche.

Eisengrau fraß seinen Anteil in wenigen Sekunden auf und blickte sie dann an, als wollte er um eine weitere Portion betteln.

Morgen würden die letzten Vorräte aufgebraucht sein.

Kapitel 31

Schon seit mehreren Tagen war der Himmel zu verhangen, zu grau und zu kalt zum Fliegen. Es war kein Wetter für die Jagd, doch Kudaj schrie vor Ungeduld. Schließlich band Galshan ihn dennoch los und beobachtete, wie er versuchte in das trübe Grau aufzusteigen. Es war vergeblich, denn es gab keinen Luftstrom, der ihn in wenigen Sekunden hätte emportragen können.

Lange schlug der Adler mit den Flügeln, ohne dass es ihm auch nur ein einziges Mal gelang zu gleiten. Unermüdlich flatterte er mit hohem Kraftaufwand am unteren Rand der Wolken entlang. Er flog in Richtung Hochebene und erst über den Ausläufern der Berge fand er einen Luftstrom, der ihn trug. Kurz sah sie ihn noch, nicht größer als einen Spatz, endlich mit vollkommen reglosen Schwingen am bleifarbenen Himmel schweben.

Sie schloss die Augen und ließ sich von seinem Flug mitnehmen.

Die Berge zogen unten vorbei, die unendliche Steppe und dann erschien ganz weit entfernt die riesige, graue

Masse der Stadt. Die Motoren qualmten in der Kälte und die Schornsteine spuckten schwere Rußwolken aus. Sie flogen über die lang gezogene Straße von Ikhoiturüü mit ihren baufälligen Häusern. Daalas Bauch war unglaublich groß, rund wie eine reife Frucht. Das Baby würde nicht mehr lange auf sich warten lassen und Ryham war noch nicht zurück, war in der Ferne durch Schnee und Eis aufgehalten worden. Draußen sang Aïbora trotz der unwirtlichen Temperaturen leise vor sich hin …

Galshan öffnete schlagartig die Augen. Ihr Gesicht und ihre Hände waren vor Kälte erstarrt, woran sie sofort merkte, dass sie sich viel zu lange nicht bewegt hatte.

Plötzlich war der Adler wieder über der Hochebene zu sehen. Die Hochebene … allein das Wort ließ Galshan schaudern. Seit dem Vorfall war sie nicht mehr dort oben gewesen und abgesehen von einer Handvoll Schafe, die es bis Tsagüng geschafft hatten, mussten die übrig gebliebenen Tiere von Baytars ehemals großer Herde schon lange erfroren oder in die Fänge der Raubkatze geraten sein …

»Hiik! Hiik!«

Herr Kudaj ließ sich auf einem kleinen, vereisten Felsen wenige Meter von ihr entfernt nieder. In den Klauen hielt er einen großen Vogel, den er erbeutet hatte. Ein Fasanenweibchen. Wie hatte es in der Kälte überleben können? Es zuckte noch ein wenig. Mit einem Schnabelhieb brach er ihm die Wirbel, Galshan hörte das leise Knacken der Knochen.

Entgegen seiner Gewohnheit stieß Kudaj jedoch seinen Schnabel nicht auf der Suche nach den besten Stücken sogleich in den warmen Bauch seiner Beute. Er schien seelenruhig auf etwas zu warten und ließ sich vom Wind das Gefieder aufplustern.

Galshan näherte sich ihm vorsichtig und streckte die Hand nach dem Fasan aus. Kudaj beobachtete sie, ließ sie aber gewähren. Er bot ihr seine Beute an. Sie trat zurück und murmelte leise: »Danke, Herr Kudaj. Danke …« Mit dem Messer schlitzte sie den Vogel auf und hielt dem Adler die blutige Leber hin, mit der er sofort entschwand, um sie in einiger Entfernung zu verschlingen, ganz allein.

Mehr schlecht als recht teilte Galshan das Fasanenweibchen in Stücke, die sie dann auf das Ofenblech legte. Anschließend goss sie Tee auf und wendete das Fleisch. Die Haut knisterte, der Geruch von gebratenem Fasan war unwiderstehlich.

Ein Stück schnitt sie in winzige Bissen, die sie Baytar einen nach dem anderen zwischen die Lippen schob. Sie war sich nicht sicher, doch sie glaubte einen Glanz zwischen den Lidern des alten Mannes zu entdecken.

Kapitel 32

Galshan legte eine Schaufel Dung im Ofen nach und schloss dann leise die Tür der Jurte. Seit einigen Tagen ging es Baytar besser. Das Fieber war gesunken, und obgleich er immer noch abwesend wirkte, wurde er nicht mehr von den schrecklichen Wahnvorstellungen heimgesucht, die ihn vor Angst keuchen ließen.

Einige kräftige Flügelschläge genügten Herrn Kudaj, um in einen Himmel aufzusteigen, der für immer verhangen zu sein schien. Bis zu den Ohren eingepackt sah Galshan ihm nach, wie er in dem trüben Grau verschwand. Seit einigen Tagen legte er Galshan seine Beute vor die Füße. Stets waren es magere Fasanenweibchen, trocken und zäh wie Holz, aber für sie waren sie ein Festmahl. Jedes Mal beeilte sich Galshan, den Vogel zu zerlegen, bevor er gefror, um die besten Teile dem Adler zu geben. Ohne ihn hätten weder Galshan noch Baytar überleben können.

Immer wieder schloss sie die Augen. Tagträume waren das Einzige, wodurch sie der Kälte und

Einsamkeit entkommen konnte. Sie drückte den kleinen schwarzen Stein aus Istanbul fest in der Hand, die in einem Fäustling steckte, und dachte an Ikhoiturüü. Es schien ihr nah und fern zugleich. Manchmal fragte sie sich, ob all die Tage, die sie in Tsagüng verbrachte, nicht nur ein Traum waren. Ein unendlicher Traum, aus dem das Dröhnen des Ural sie eines Tages herausreißen würde. Sie stellte sich das Aufblenden von Ryhams Scheinwerfern vor: »Das Baby ist da, Galshan! Jetzt fahren wir zurück nach Hause …« Einhundertdreiundfünfzig Tage … Wie viele waren davon noch übrig? Drei? Zehn? Zwanzig?

»Hiik! Hiik!«

Galshan öffnete plötzlich die Augen und atmete die eisige Luft tief ein. Sie roch ein wenig anders als noch einen Moment zuvor. Der Unterschied war kaum wahrnehmbar, doch das Dutzend überlebender Schafe bemerkte ihn offenbar ebenfalls. Sie hatten zu blöken aufgehört und hoben schnuppernd die Köpfe. Kudaj legte Galshan seine Beute vor die Füße, doch sie nahm kaum Notiz davon. Die Pferde schnaubten, und obwohl sie so schwach waren, verfielen sie in einen wilden Galopp, wobei ihre Hufe auf der gefrorenen Erde trommelten.

Im Laufe des Nachmittags nahm die Erregung der Tiere noch zu.

Als es dunkel wurde, wieherten die Pferde und die Schafe vermochten nicht stillzustehen. Bis hin zu Herrn Kudaj, der mit den Flügeln schlug, als wollte er sich mitten in der Nacht in die Luft schwingen. Galshan verließ mehrmals ihr Lager und öffnete die Tür der Jurte einen Spaltbreit. Wie ein Peitschenschlag schlug ihr die Kälte entgegen, sie war genauso schneidend wie in den vorhergehenden Nächten. Doch inmitten dieser Kälte war noch etwas anderes.

Vollkommen erschöpft schlief Galshan kurz vor dem Morgengrauen ein. Zum ersten Mal seit Wochen blies ein Südwind über Tsagüng.

Ein kaum wahrnehmbares Geräusch weckte sie. Ein gleichmäßiger, klarer Ton. Pling … Pling … Pling … Galshan stand auf. Der Wind, den sie am Eingang der Jurte verspürte, war unglaublich sanft. Wie ein Streicheln. Sie hielt die Hand unter einen großen Eiszapfen. Pling … Ein Wassertropfen landete auf ihrer Hand. Das Eis schmolz. Tropfen für Tropfen. Galshan schauderte vor Freude. Es waren wahrscheinlich nur ein oder zwei Grad über null, doch es war ihr noch nie zuvor so warm vorgekommen.

»Galshan …«

Ruckartig drehte sie sich um. Baytar saß mit

nacktem Oberkörper aufrecht auf einem Stein und behandelte seine Verletzung mit der Schafsalbe. Sein wächsernes Gesicht verzog sich zu einem Lächeln.

»Ich glaube, ohne dich hätte ich der Bestie zum Frühstück und den Geiern als Abendbrot gedient ...«

»Attas! Aber du bist ... du bist ja ...«

Sie konnte nicht weitersprechen und stürzte zu ihm.

»Vorsichtig, Galshan ... Mein Arm!«

Lange hielten sie sich fest umschlungen. Das Mädchen spürte, wie mager Baytar war. Die Krankheit hatte seine trockene Haut lappig und faltig gemacht, Galshan hätte jeden einzelnen Knochen zählen können. Mit seinem gesunden Arm schob er sie sanft zurück. Er weinte.

Einen Moment lang sah Galshan ihn fassungslos an. Sie hätte sich nie vorstellen können, dass Baytar weinen konnte.

»So was Dummes«, schluchzte sie, »zu weinen, wenn man doch eigentlich lachen sollte.«

Kapitel 33

Das Tauwetter hatte die Straße in einen breiten Schlammstrom verwandelt, in dem man bis über die Knöchel versank, doch Hylbang Dshjuguwaa konnte das nicht abschrecken. Dieses Mal würde der alte Baytar tatsächlich vor Gericht erscheinen müssen, wenn er sich noch einmal weigerte, seine Enkelin zur Schule zu schicken. Ein letztes Mal prüfte der Inspektor, ob er alle Papiere in der Satteltasche verstaut hatte, dann rückte er den Knoten seiner Krawatte zurecht und trat mit voller Kraft auf den Kickstarter seines Motorrads. Der Motor heulte auf und Hylbang fuhr vorsichtig los. Hinter ihm spritzte schwarzbrauner Schlamm auf und fünfundzwanzig Kilometer Morast lagen noch vor ihm.

Das Hinterrad rutschte immer wieder weg und er hatte das Gefühl, auf Seife zu fahren, doch um keinen Preis hätte er seine Fahrt auch nur um einen Tag verschoben. Der Davkhar Djout hatte bereits genug Zeit gekostet. Er dachte daran, wie sein letzter Besuch geendet hatte. Wie hatte der verrückte alte Schäfer eine derartige Kälte vorhersagen können? »Vielleicht kälter, als du es je erlebt hast.« Er hatte oft an diese Worte gedacht, schließlich hatte Baytar recht behalten! Aber seine Geschichte mit den Murmeltieren und den Mäusen war unglaubwürdig, er musste Informationen von einem Experten gehabt haben … Hylbang musste ihn unbedingt danach fragen.

Der Teil der Straße, der durch die Steppe führte, verlief ziemlich gerade und Hylbang beschleunigte ein wenig. Der aufspritzende Schlamm hinter ihm verwandelte sich in eine kleine Fontäne.

Er dachte an die nicht enden wollenden Tage voller Schnee, Eis und Wind. Tausende Tiere waren während dieser beispiellosen Frostwelle eingegangen und der Schulinspektor kam zu dem Schluss, dass es letzten Endes vielleicht gar nicht so schlecht sei. Diese Katastrophe gäbe dem Land die Chance, bei null anzufangen und endlich ein wahrhaft modernes Land zu werden, das diese Bezeichnung verdiente … Ein Land, in dem man Männer wie ihn brauchen würde! Entschlossene, zukunftsorientierte Männer! Die nächsten Wahlen würden in einem Jahr stattfinden und Hylbang sah sich bereits als Bezirkspräsident. Ja … Er würde Reden halten, wie man sie hier noch nie gehört hatte …

Der Lastwagen tauchte direkt vor ihm auf. Ein riesiges Ungetüm! Eine Art Monster auf acht Achsen, das aber sofort weiter rechts fuhr, um ihm Platz zu machen. Einen kurzen Moment kam ihm dieses riesige Metallungeheuer bekannt vor, doch er hatte keine Zeit, länger darüber nachzudenken. Einem dummen Reflex folgend trat er mit ganzer Kraft auf die Bremse. Sein Hinterrad blockierte und das Motorrad geriet ins Schleudern. Danach ging alles sehr schnell. Hylbang Dshjuguwaa sah kurz den Fahrer; er sprach mit einem etwa zwölfjährigen Mädchen, das neben ihm saß. Um seine Maschine wieder unter Kontrolle zu bringen, beschleunigte Hylbang rasch. Der Motor heulte auf und dann lag der Fahrer plötzlich mit seinem Gefährt im Schlamm.

Hylbang rappelte sich sofort auf, von oben bis unten verdreckt und schlammbeschmiert. Vor seinem Auge setzte ein feiner Sprühregen ein. Eines seiner Brillengläser war zersprungen. Zwar hatte er keine Schmerzen, doch er fühlte sich benommen und sein Kopf war vollkommen leer. Der Lastwagen verschwand in der Ferne, der Fahrer hatte nichts bemerkt. Mit nassen Handschuhen rückte der Inspektor seine Krawatte zurecht und versuchte zu verstehen, was gerade geschehen war. Seltsamerweise erinnerte er sich nur an eines: die Marke des Lastwagens.

Ein Ural, das hätte er schwören können.

Kapitel 34

Ryham legte leise einen Finger auf seinen Mund und zwinkerte Galshan zu. Sie öffnete die Tür ein kleines Stück und schlüpfte dann auf Zehenspitzen in das Zimmer. Daala bemerkte sie nicht sofort, sie hatte ihre Bluse geöffnet und das Baby angelegt. Bumbaj hielt die Nase fest gegen Daalas Brust gedrückt und saugte gierig wie ein kleiner Nimmersatt, der von Zeit zu Zeit einen zufriedenen Seufzer von sich gab. Eine kleine Nimmersatt genauer gesagt! Schließlich schlief sie mit einem weißen Tropfen im Mundwinkel ein und Daala hob den Kopf.

»Mein Liebes«, sagte sie leise lächelnd, »da bist du ja endlich wieder! Ich habe es kaum ausgehalten vor Angst um dich! Unzählige Male hat Ryham versucht zu euch nach Tsagüng zu kommen, aber jedes Mal musste er umkehren. Die Straßen waren nicht befahrbar. Und niemand konnte uns irgendetwas sagen! Auch den Bezirkspräsidenten konnte man nicht erreichen: Alle Telefonleitungen waren tot. Ich habe jede Sekunde an dich gedacht! Ihr müsst schreckliche Zeiten durchlebt haben! Setz dich ganz dicht zu mir, wir werden uns alles genau erzählen.«

Sie zeigte auf Bumbaj, die an die Brust ihrer Mutter geschmiegt schlief.

»Sieh her, du bist jetzt eine große Schwester.«

Galshan setzte sich ganz dicht neben ihre Mutter, die ihr das Baby in den Arm legte. Sie fühlte sich fast ein wenig fremd in der kleinen Wohnung in Ikhoiturüü. Alles war so anders als in Tsagüng!

»Du hältst sie am besten so … Genau. Lege deinen Arm hierher, um ihren Kopf zu stützen.«

Galshan wagte es nicht, sich zu bewegen, dieses kleine Geschöpf in ihren Armen flößte ihr gewaltigen Respekt ein. Bumbaj krümmte sich einen Moment lang, gähnte, machte dann ein Bäuerchen und schlief, nun an ihre Schwester geschmiegt, wieder ein.

»Und …?«, erkundigte sich Daala.

Doch Galshan hatte keine Lust zum Erzählen. Nicht jetzt. Sie legte den Kopf an die Schulter ihrer Mutter und schloss die Augen. Daala drückte sie an sich.

Auf der Straße spielte Aïbora mit den anderen. Sie bemerkte, wie Galshan sie vom Fenster aus beobachtete, und bedeutete ihr herunterzukommen, doch Galshan schüttelte den Kopf. Es war nicht einfach, all ihren Freunden in Ikhoiturüü wieder zu begegnen. Als hätte die lange Zeit, die sie fort gewesen war (genau einhunderteinundfünfzig Tage hatte Ryham gezählt: Bumbaj war ein wenig vor dem errechneten Termin geboren), einen anderen Menschen aus ihr gemacht.

Seit sie ihn verlassen hatte, dachte das Mädchen jeden Tag an Baytar, der zurückgeblieben war. Allein. Ryham hatte alles versucht, um ihn zu überreden, für eine Weile mit in die Stadt zu kommen, da er so schwach war. Doch er hatte abgelehnt und dabei auf die wenigen, mageren Schafe gedeutet, die der Winter ihm gelassen hatte.

»Ich muss mich um die Herde kümmern«, hatte er lediglich geantwortet und sich umständlich eine Zigarette gedreht. Er konnte seinen Arm nicht mehr gut bewegen.

Zum Abschied hatte Galshan ihm *Der alte Mann und das Meer* geschenkt.

Trotz der Sonne, die auf die Fassaden schien, wirkten die Gebäude auf der anderen Straßenseite unendlich traurig. Galshan hob den Blick über die Betonschornsteine hinaus.

»Kudaj!«, rief sie so laut, dass Daala aufsprang.

Der kleine schwarze Punkt ganz hinten am Horizont wurde schnell größer. Zunächst noch so klein wie ein Sperling, hatte er schon bald die Größe einer Taube …

Galshan konnte gerade noch ihren Ärmel über das Handgelenk ziehen, als sich der Adler auch schon auf ihrem Unterarm niederließ. Seine Krallen drückten sich in ihre Haut, doch Galshan spürte es kaum.

»Flieg, Herr Kudaj, flieg! Du bist immer frei gewesen …«

Der Adler blickte sie aus seinen goldfarbenen Augen an, stieß einen Schrei aus und erhob sich in die Lüfte. Leise trat Daala näher.

»Das ist unglaublich«, murmelte sie, »fast jeden Tag habe ich davon geträumt, dass ein Adler wie dieser hier mir Nachricht von dir bringt.«

Galshan nickte leise. Ihre Mutter hatte den Arm um sie gelegt. Zusammen blickten sie in den weiten Himmel, bis der Adler nicht mehr zu sehen war.

Worterklärungen

Attas
Wörtlich übersetzt »Alter«, liebevolle Anrede des Großvaters, vergleichbar dem deutschen »Opa«

Davkhar Djout
»Der Weiße Tod«, heftiger Schnee- und Eissturm, der bis zur Orkanstärke anschwellen kann, ähnlich den Blizzards in Nordamerika

Deel
Mantel mit Stehkragen, der seitlich geknöpft wird

Jurte
Zerlegbares, leicht zu transportierendes Wohnzelt der Nomaden. Die Jurte ist ein Rundbau mit flachem, kegel- oder kuppelförmigem Dach. Aus Holz gefertigte Scherengitter bilden die Jurtenwand, in die eine gerahmte Holztür eingelassen ist. Über das stabile Holzgerüst werden Filzmatten gespannt, zwei Stützen tragen die Dachkrone.

Ältere Mongolen ziehen bis heute ein Leben in der Jurte dem in Steinhäusern vor. Nach wie vor lebt mehr als die Hälfte der Mongolen in Jurten.

Mongolei

Staat in Zentralasien, der im Norden an Russland und im Süden an China grenzt. Mit einer durchschnittlichen Höhe von 1580 m ist die Mongolei ein ausgesprochenes Hochland mit großen jahres- und tageszeitlichen Temperaturunterschieden. Im Sommer erreicht die Temperatur 30 °C, im Winter fällt sie bis unter –40 °C. In manchen Gebieten können sogar Temperaturen bis –50 °C auftreten. Die Mongolei zählt zu den am dünnsten besiedelten Ländern der Erde. Auf einem Quadratkilometer leben weniger als zwei Menschen (zum Vergleich: In Deutschland sind es zweihundertunddreißig).

Saxaul

Knorriger Steppenstrauch

Urga

Stangenlasso, Stange aus Weidenholz, an deren Ende ein Lederriemen mit einer Schlinge befestigt ist

Die Sätze aus Ernest Hemingway, *Der alte Mann und das Meer*, welche Galshan ihrem Großvater vorliest, wurden nach der Übersetzung von Annemarie Horschitz-Horst, erschienen im Rowohlt Verlag, zitiert.